世界科幻大师丛书
主编：姚海军

菲利普·迪克 的
ELECTRIC
PHILIP K.DICK'S
电子梦 DREAMS

[美] 菲利普·迪克 著　肖钰泉 郝秀玉 译

四川科学技术出版社

图书在版编目（CIP）数据

菲利普·迪克的电子梦 / [美]菲利普·迪克　著；

肖钰泉　郝秀玉　译. -- 成都：四川科学技术出版社，　2019.4

（世界科幻大师丛书 / 姚海军）

书名原文：PHILIP K. DICK'S ELECTRIC DREAMS

ISBN 978-7-5364-9444-2

Ⅰ.①菲… Ⅱ.①菲… ②肖… ③郝… Ⅲ.①短篇小说 – 小说集
– 美国 – 现代 Ⅳ.①I712.45

中国版本图书馆CIP数据核字（2019）第073270号

图进字21-2019-082号

世界科幻大师丛书

菲利普·迪克的电子梦

出 品 人	钱丹凝
丛书主编	姚海军
著　 者	[美]菲利普·迪克
译　 者	肖钰泉　郝秀玉
责任编辑	宋 齐　姚海军
特邀编辑	陈 曜
封面绘画	梅红提爱克斯
封面设计	施 洋
版面设计	施 洋
责任出版	欧晓春
出　 版	四川科学技术出版社
	四川省成都市槐树街2号出版大厦　邮政编码：610031
开　 本	140mm×203mm
印　 张	10
字　 数	167千
插　 页	2
印　 刷	成都市金雅迪彩色印刷有限公司
版　 次	2019年7月成都第一版
印　 次	2019年7月成都第一次印刷
定　 价	46.00元

ISBN 978-7-5364-9444-2

菲利普·迪克

Philip K. Dick

1928 - 1982

无限到可怕的宇宙

姚海军

菲利普·迪克①被誉为"科幻作家中的科幻作家"。为什么迪克会获得这样的赞誉？他的一位美国同行托马斯·迪什解释说，这是因为迪克为科幻文学贡献了无数的好点子，每一位科幻作家都可以根据这些绝佳的创意创造出自己全新的世界。

多数只注意到迪克小说的读者当然会接受这个说法；而另一个群体——他们既读过迪克的小说，又关注着那些根据迪克小说改编的电影或剧集——则会以更高的分贝附和。迪克那些迷幻又疯狂的点子经过视觉转换更加让人拍案叫绝。显然，他不仅为后来的科幻作家开辟了道路，还为科幻影视提供了一座创意宝库。也因此，迪克还被称为"好莱坞的宠儿"。遗憾的是，早在

---

① Philip K. Dick(1928－1982)，被粉丝亲切地称为"PKD"。

1982年(根据他的小说改编成的第一部电影《银翼杀手》上映之前),迪克就告别了这个被他的文字搞得虚实莫辨的世界,而在之后的岁月里,先后有十多部(篇)他的小说被改编成了科幻电影。

迪克不仅仅属于大银幕。2017年9月17日,英国BBC第四频道开播了一部名为《菲利普·迪克的电子梦》的电视剧集。这部十集的单元剧曾引发热评,剧迷经常将它与《黑镜》相提并论,而它就是根据迪克的十篇小说改编而来。于是,很自然就有了这本小说集,名字当然也叫《菲利普·迪克的电子梦》。

从小说到影视的转换是一个奇妙的过程。这是一种与小说关系微妙的再创造,编剧和导演主导着这一过程。坦率地讲,在迪克的全部一百二十一篇中短篇小说中,这十篇小说并非都是超一流的,但编剧和导演不同的阅历、审美与价值取向让它们有机会以迥然不同的理由被再创造。比如,《通勤客》的编剧是因为迪克在原作小说《乘火车的通勤客》中对生活的发现;《不可能存在的行星》的导演兼编剧是因为同名小说中提出的问题;而《杀死所有其他人》的导演兼编剧则仅仅是因为原作小说《孤悬的陌生人》中有一句被他称为"绝妙"的话。

这很有趣。我接触过一些国内的影视公司,他们一直希望找到适合改编成影视作品的科幻小说,但他们对"合适"的理解却很难让人认同,他们希望被推荐的小说有足够多电影所需要的细节,最好能够像剧本一样完美。显然,这总是会引起一场争论。我的看法是:编剧和导演的才华,是能够在被普通读者忽略的细微之处发现不凡。八年前对这个问题的具体回应是编辑了一本名叫《经典的真身》的书,那本书收录了十四篇被成功改编为经典电影的科幻小说;八年后的回应仍然是一本书。只不过,在这本书中我们能够更直接地体会奇妙的"发现"之道。

当然,出版这本书的目的,不仅仅是希望改变一些专业人士对小说的看法(这种想法本身多少流露出幼稚的气息)。我更希望这本书能够让更多的读者注意到菲利普·迪克这个人。迪克不仅是一位创意大师,他还深刻影响了科幻小说的走向,让我们看到这一文类利用有限的现实材料能够创造出多少个空间维度,包容进多少无限到可怕的宇宙。

这样的宇宙现在就摆在你面前,期待你的打开。

目 录

第一梦

展 品
EXHIBIT PIECE

【导读】

剧集：《虚实人生》　　　原作：《展品》

编剧：罗纳德·D.摩尔

初读小说《展品》，是在为剧集《电子梦》寻找可供改编的PKD的故事时。打小说开头，我便被文中"迷失自我于另一个现实世界"的潜在主题所吸引。自从参与了《星际迷航》的制作和为福克斯电视台撰写了试映剧《虚空》之后，我就一直在琢磨这一主题。在读了这篇小说后，我灵感突发，想着说不定能写一集有关虚拟现实（VR）技术的剧本，而眼下也恰逢VR技术正逐渐被推向消费市场。我觉得VR技术是娱乐业令人激动的新前沿，但我们总是倾向于先创造出新的装置，之后再去思索它将会造成的社会后果。我想到了剧情梗概：男主角（或女主角）在另一个世界里迷失了自我。我越不断地构想这个故事，就越发觉得可以把这部短篇小说的核心思想抽离出来,然后拓展成一场对现实的本质和VR技术的更为宏大的探讨。我发现,这种探讨在PKD创造的宇宙里反复出现。PKD的故事里潜藏着许多有趣又具煽动性的主题,即使在完稿的几十年后仍与我们的生活息息相关。剧本对原作的情节几乎未做保留,但剧本的创作核心,或许更为重要的——剧本的创作思路,均源于原作。

罗纳德·D.摩尔(Ronald D.Moore),美国剧作家、电视制片人,其最知名的代表作是根据老版《太空堡垒卡拉狄加》重新创作的同名电视剧剧本——这为他赢得了雨果奖和皮博迪奖,以及撰写电视剧《古战场传奇》的剧本的机会,该剧改编自戴安娜·加瓦尔东的小说。他作为剧作家兼制片人的职业生涯开始于电视剧《星际迷航:下一代》和《星际迷航:深空九号》。

(肖钰泉 译)

展　品

　　"你的西装样式真怪。"机器人公交司机[1]评论说。它滑开车门，停在路边，"那些小小圆圆的东西是什么？"

　　"是纽扣。"乔治·米勒解释道，"它们既实用，也具装饰性。这是二十世纪款式的古董套装。我是出于工作需要，才穿这个的。"

　　他给机器人付过钱，抓起公文包，沿着坡道电梯快速走向历史研究所。主楼当天的展览已经开始了，到处有穿长袍的男女来来去去。米勒搭上专用电梯，挤在两个来自公元前部门的大块头控制员之间。不一会儿，他就已经到了自己的楼层，20世纪中期馆。

　　"早好[2]。"他轻声问候弗莱明控制员，两人在原子能发动机展

---

　　① 这是作者设想的一种未来公用交通工具，类似于出租车，并非生活中所见的公交车。

　　② 原文"Gorning"，故意把日常的问候简化了。文中还有些类似的表达，不再一一注明。

区碰上了。

"早好。"弗莱明粗声粗气地回应了他,"听着,米勒,让我们一劳永逸地谈妥这件事吧。要是每个人都像你这样穿衣服怎么办?政府对我们的着装有严格的要求。你能不能偶尔收敛一下自己不合时宜的做派?你手上那破烂到底是什么东西?它看上去像是一只被踩扁的侏罗纪四脚蜥。"

"这个是鳄鱼皮公文包。"米勒解释说,"我把研究资料磁带卷装在里面。二十世纪末,这种公文包是管理阶层权威地位的象征。"他拉开公文包,"试着理解下,弗莱明。通过熟悉我研究的那个时代的日常物品,我和研究对象的关系深化了。从单纯的学术兴趣,转化成了真正的感同身受。你经常说,我有些单词发音的方式怪怪的。其实那就是艾森豪威尔当政时期美国商人的口音。了然?"

"呃?"弗莱明有些懵。

"'了然'是二十世纪的表达方式。"米勒把他的研究资料磁带卷摆在桌子上,"你还有什么事吗?没有的话,我要开始今天的工作了。我已经发现了有力证据,表明二十世纪的美国人尽管会自己铺砖,却并不自己织造衣物。我想就此修改下我那部分的展示细节。"

"再没有比你们这些学者更极端的家伙了。"弗莱明咬牙切齿地说，"你已经落后时代二百年了。整天活在你的遗迹和文物里，还有那些该死的古老废弃物的高仿品中。"

"我爱自己的工作。"米勒淡淡地回答道。

"没人反对你好好工作，但世上还有工作之外的事情。你身处这个社会，就是一个政治-社会体。你小心点儿，米勒！董事会已经不止一次收到关于你怪癖行为的投诉。他们欣赏敬业精神……"他的眼睛眯成一道缝，"但你太过了。"

"艺业高于生活。"米勒说。

"你说……什么？刚刚这又是什么意思？"

"二十世纪的观念而已。"米勒脸上浮现出不加掩饰的优越感，"你不过就是个巨大机构里的小官僚，是无人性的文化专制系统的爪牙。你没有自己的判断标准。在二十世纪，人们还有对艺术的独立判断力。'艺术品位''成就感'，这些词对你都毫无意义。你没有灵魂——这也是来自二十世纪黄金时代的概念。那时的人享有自由，可以说出他们的真实想法。"

"小心点儿，米勒！"弗莱明紧张得脸都白了，压低了声音，"你这该死的书呆子。从你的磁带卷里出来，面对现实。你这样乱说话，会给我们所有人都惹来麻烦的。你要是愿意，尽可以继续崇拜过去。但记住——它已经消失，被埋葬了。时代变化，社会进步。"他不耐烦地指着占据整层楼的展区，"那些，只是不完美的复制品而已。"

"你怀疑我的研究成果?"米勒火了,"这里的展览绝对真实! 我已经根据最新的研究成果修正过它。关于二十世纪,就没有我不了解的事情。"

弗莱明摇头,"跟你讲不通。"他受够了,转身大步走向下行电梯,离开了这一楼层。

米勒整理了一下衣领和鲜艳的手染领结,理平细条纹的蓝色外套,接着熟练地点燃一根二百年前的古董香烟。他把注意力转回资料卷。

弗莱明这个家伙,为什么不能让他清静一下? 弗莱明是庞大的等级体系中的一个非官方代表。等级体系就如同一张黏糊糊的灰色巨网,覆盖着整个星球。此等风气深入了每一个工业、职业和居住区。啊,要是能像二十世纪的人那样自由该多好! 他暂时放缓了磁带的播放速度,做梦一样的表情掠过他的面庞。那是激动人心的年代,充满雄心,尊重个性,那时的人是真正的人……

就在这时,正当他沉浸在研究的美好中时,听到了奇怪的声音。它们来自他负责的展区深处,来自那经过了仔细调试的精细的核心地带。

他的展区里面有人。

　　他能听到那些躲藏其中的人，就在展区深处。某个人或者某种东西越过了阻挡观众的安全屏障。米勒关掉磁带播放器，慢慢站起来。他谨慎地向展区靠近，浑身都在发抖。他关掉安全屏障，跨越栏杆，踏上一片水泥人行道。有几名好奇的游客眨着眼睛，观看这位个子矮小、穿着奇装异服的人蹑手蹑脚地走在二十世纪展区的复制品之间。他渐渐消失在了展区深处。

　　米勒沉重地呼吸着，沿人行道走到一片细心维护的砾石小路上。也许是另一名理论专家，某个董事会的走狗，正在四处窥探，寻找能让他丢脸的破绽。这里不够准确，那里有个无关紧要的小错之类的。汗水从他的前额上流下来，之前的气愤变成了当下的恐慌。他的右手边有一片花圃，生长着保罗红玫瑰和低矮的三色堇。后面是湿润的绿草坪，草坪后是闪亮的白色车库，库门升起到一半，现出1954年款别克修长的车尾——然后就是房子的主体了。

　　他必须小心行事。如果这人真是董事会派来的，他将面对的是官方体系。也许对方会是个大人物，甚至有可能是埃德温·卡尔纳普，董事会主席，全球董事会纽约分部的最高级别官员。米勒忐忑不安地爬上那三级水泥台阶。现在，他站在一座二十世纪风格的房屋的门廊上，这里是他展区的中心。

　　这是座漂亮的小房子。要是他生活在那个年代，也会想要拥有一座这样的房子。这里共有三间卧室,是加州牧场式的带凉台的平房。他推开前门,进入客厅。房间一端有壁炉,酒红色深色地毯,现代风格的沙发和摇椅,配有玻璃罩的低矮的硬木咖啡桌——上面摆着铜质烟灰缸、一枚打火机、一叠杂志。时髦的落地灯由塑料与钢材制成,一个书架、一台电视机,宽大的落地窗俯瞰房前的花园。他穿过这个房间,进入走廊。

房子里的摆设齐全得惊人。他脚下的地暖发散出些微暖意。他向第一间卧室内窥探。这是一位女士的闺房,丝绸床罩、上过浆的白色床单、厚窗帘,一张梳妆台摆满了瓶瓶罐罐,还有巨大的椭圆形镜子、可以看到衣柜里的衣物,一件晨衣搭在椅背上,地上是拖鞋,尼龙长筒袜仔细地叠好放在床脚。

米勒沿走廊继续向前,查看第二个房间。鲜亮的墙纸上绘着小丑、大象和走钢索的人,这是儿童房,两张小床给两个男孩。里面有飞机模型,床头柜上放着一台收音机、一对梳子、课本、优胜锦旗、一块"禁止停车"的标牌和一本集邮册。镜子前面插着拍立得照片。

这里也没有人。

米勒往现代化的洗手间里瞅瞅,甚至还看了看贴有黄色瓷砖的浴池。他穿过餐厅,顺着通向地下室的楼梯向里看,那儿放着洗衣机和烘干机。然后他打开后门,检视后院,那里有一片草地、一台枯叶焚烧炉。几棵小树后面是其他房屋的三维投影,离得越远,房屋越小,直到消失在惟妙惟肖的青山深处。后院中也没有人,空荡冷清。他关上门往回走。

这时候,他突然听到厨房里传来笑声。

这是一个女人的笑声,伴随着勺子和餐盘碰撞的叮叮声。一同传来的还有食物的香气。即便博学如他,也花了一点儿时间才分辨出来,那是火腿和咖啡的香味,还有现烤蛋糕。有人在吃早餐,二十世纪式的早餐。

他从走廊返回,经过了一个男人的卧室。卧室里到处是乱扔的衣服和鞋子。然后他来到厨房门口。

一个三十来岁的漂亮女人和两个十多岁的小男孩,围坐在一张由铬合金和塑料制成的早餐桌前。他们已经吃完了早饭。两个男孩百无聊赖,坐立不安。阳光透过窗户,照在水池上。电子钟显示的时间是早上八点半。角落里的收音机正兴高采烈地聊个不停。一大壶黑咖啡放在桌子中央,周围环绕着空盘子、牛奶杯和银器。

那女人穿一件白衬衫,搭配花呢格子裙。两个男孩都穿着洗得发白的蓝色牛仔裤、运动衫和网球鞋。这几个人都没注意到他。米勒愣在了门口,耳边不断传来他们的谈笑声。

"这事儿你们要请示爸爸才行。"女人装出一副严肃的表情,

"等他回来再说吧。"

"他已经同意了。"其中一个男孩抗议说。

"那么,就再问一次好了。"

"可他每天早上脾气都很坏。"

"今天不会。他昨晚没犯干草热①,睡得很好。大夫给他新的抗敏药物很有效。"她扫了一眼钟,"去看看他为什么这么慢,唐。他上班要迟到了。"

"他刚才在找报纸。"其中一个男孩向后一推椅子,站起来,"报纸又没被扔到门廊上,掉进花圃里了。"他转身走向房门,正好和米勒打了照面。他脑子里突然闪过一个念头,觉得这男孩看起来好面熟,太熟了——就像他认识的某个人,只不过更年轻。那孩子突然停住了。他心里一紧,不知该怎么解释。

"呀,"男孩说,"你吓我一跳。"

那女人迅速抬头扫了米勒一眼,"你站在外面干什么,乔治?"她问,"回来喝完你的咖啡吧。"

米勒慢慢走进厨房。那女人正在喝她剩下的咖啡。两个男孩都站了起来,向他身边靠拢。

"你不是答应过我,这周末可以跟同学们到俄罗斯河边野营吗?"唐问,"你还说,我可以从体育馆借一个睡袋。我的那个被

_____
① 季节性过敏鼻炎。

12

你捐给了救世军^①，因为你对里面的木棉过敏。"

"好。"米勒含糊地低声说。这个男孩的名字叫唐，他的兄弟叫泰德。但他怎么会知道这些？餐桌边的女人站起来，收拾脏盘子，把它们放进洗碗池。"他们说你已经答应过了。"她回头说。盘子被放进洗碗池时，叮当作响。她开始向上面撒皂粉。"不过你还记得他们想开汽车那回吗？他们说已经得到了你的许可，言之凿凿的，让你都相信了。然而事实上你并没有答应过。"

米勒坐在桌前，有些恍惚。他漫无目的地摆弄了一会儿烟斗，然后把它放在铜质烟灰缸里，他又检查了一下袖管。发生了什么？他觉得头好晕。他突然站起来，快步走向窗前，走到洗碗池旁边。

房舍、街道、市镇外的远山，还有人们的形象和声音。三维投影幕布的效果逼真到惊人。或者，这真的是三维投影吗？他怎么才能分辨？到底发生了什么？

"乔治，你怎么了？"玛乔丽一边问，一边将一件粉色塑料围裙系在腰间，然后开始向洗碗池里放热水，"你应该把车开出来去上班了。你昨晚上不还说吗？戴维森那老头儿已经在大声抱怨了，说有些员工上班老是迟到，工作时间站在饮水机旁谈笑风生。"

---

① 救世军是一个于1865年成立，以军队形式作为其架构和行政方针，并以基督教作为信仰基本的国际性宗教及慈善公益组织，以街头布道和慈善活动、社会服务著称。

戴维森,这名字一下子让米勒清醒了,他当然记得这个人。一幅清晰的画面浮现在他的脑海:一个高个子、白头发的老男人,干瘦、古板,爱穿马甲,用怀表。随后他想起的是联合供电公司的整个办公室,十二层办公楼,就在旧金山市中心。公司大堂放着报纸和雪茄架。然后是鸣笛的汽车、拥堵的停车场。电梯里满是有着明亮双眸的女秘书,穿着紧身毛衣,带着迷人的香水味。

他慢悠悠地走出厨房,穿过走廊,途经自己和妻子的卧室,进入客厅。前门开着,他跨出门,来到门廊。

这里的空气清新凉爽,这是一个晴朗的四月的清晨,草地还是湿的。许多汽车正沿着弗吉尼亚大街驶向沙特克大道。大清早,通勤的车辆络绎不绝,职员们都赶着去上班。街对面,厄尔·凯利正沿人行道快步走向公交站,一边走一边兴高采烈地挥动着《奥克兰论坛报》。

米勒可以看见远处的海湾大桥、耶巴布埃纳岛和金银岛,再远就是旧金山市区了。再过几分钟,他就将驾驶自己的别克车飞驰过大桥,汇入其他成千上万的身着蓝色隐格布西装的职员之中。

泰德从他身边挤过去,站在门廊里,"那就是可以喽? 你同意让我们去野营?"

　　米勒舔舔干涩的嘴唇，"泰德，听我说。我觉得有点儿奇怪。"

　　"什么奇怪呀？"

　　"我说不清。"米勒紧张地在门廊里徘徊，"今天是周五，对吗？"

　　"是啊。"

　　"我也觉得应该是周五。"但他怎么知道今天周五？他怎么会知道所有这些事情？但今天又理所当然的是周五。艰难漫长的一周即将过去——老戴维森一直紧盯着他。周三尤为难熬，那天发生了罢工，导致通用电气的订单骤降。

　　"我问你点事儿，"米勒对他儿子说，"今天早上——我离开厨房去取报纸了。"

　　泰德点头，"是啊。那又怎样？"

　　"我当时站起来，离开了房间。我离开了多久？时间不长，对吗？"他艰难地组织语言，但脑子里却还是一片混乱，"我跟你们一起坐在早餐桌前，然后站起来，到外面去找报纸，对吗？然后我就回来了。是不是？"他焦躁起来，声音越来越响，"我今天早上起床，刮胡子，穿衣服。我还吃了早餐，现烤蛋糕和咖啡，还有火腿。对吗？"

　　"对呀。"泰德同意，"怎么了？"

"就跟平常一样。"

"我们只有周五早餐吃热蛋糕。"

米勒缓缓点头，"对。周五吃现烤蛋糕。因为周六和周日早上，你的弗兰克舅舅跟我们一起吃早饭，但他不喜欢现烤蛋糕，所以我们周末早上就不再吃了。弗兰克是玛乔丽的哥哥，一战时他在海军服役，是一名下士。"

"拜拜。"泰德说。唐从屋里出来跟他会合了，"晚上见。"

两个小男孩抱着课本，悠闲地朝着位于伯克利中心区的现代化高中走去。

米勒回到房子里，下意识地在衣柜里翻找他的公事包。它在哪里？该死的，需要的时候总也找不到。那里面有记录了斯罗克莫顿县①的全部账户的文件。戴维森要知道他把这玩意儿搞丢了，一定会鬼吼鬼叫的。就像上次在真蓝咖啡馆，大家庆祝扬基队获得系列赛胜利时一样。那鬼东西到底在哪儿？

他缓缓直起身，回想起来了。显然，他把包放在工作台旁边了。取出研究资料磁带卷后，他把包扔在了那里。那时他还在历史研究所，弗莱明还在跟他喋喋不休。

他到厨房去找妻子。"那个，"他尴尬地说，"玛乔丽，我今天早上可能不会去上班了。"

---

① 美国得克萨斯州中北部的一个县。

玛乔丽转过身,担心地看着他,"乔治,出什么事了吗?"

"我就是——完全混乱了。"

"又过敏了吗?"

"不,是脑子的问题。上次本特利夫人家的小孩失常的时候,家庭教师协会推荐的那位心理医生叫什么名字来着?"他在混乱的记忆中寻找着,"格伦伯格,应该是的。地址是医学-牙医大楼。"他走向门口,"我会顺道去看看。有点儿不对劲——很不对劲。我不知道到底是怎么回事。"

亚当·格伦伯格是个大块头的胖男人,快要五十岁了,一头棕色鬈发,戴角质边框眼镜。米勒说完之后,格伦伯格清了清喉咙,掸了掸布克兄弟牌西装的袖子,若有所思地问:"找报纸的时候有发生过什么事吗? 任何意外的事情? 你最好仔细回想一下那一小段时间。你从餐桌旁边站起来,出门,来到门廊,然后开始在灌木丛里找报纸。然后呢?"

米勒恍惚地揉了下额头,"我不知道,一切全乱了,我不记得找报纸的事。回到房间之后,我的记忆才变得清晰起来。在那之前,我只记得历史研究所,还有跟弗莱明的争吵。"

"你的公事包又是怎么回事? 重新回忆一下那个部分。"

"弗莱明说,它的样子就像一只被踩扁的侏罗纪四脚蜥。然后我说——"

"不。我指的是,你在衣柜里到处找,却没有找到它的那个部分。"

"我在衣柜里找过它,当然没有找到。因为它在历史研究所,在我的工作台旁边。工作台在二十世纪的楼层,靠近我的展区。"米勒脸上现出一种古怪的表情,"上帝啊,格伦伯格。你想过没有,这一切可能只是一次展览?你,和其他所有人——也许你们都不是真的,都只是展品而已。"

"这对我们来说,并不是什么令人愉快的事,是吧?"格伦伯格带着难以察觉的笑容说。

"只要不被惊醒,睡梦中的人总觉得自己挺安稳的。"米勒反驳说。

"也就是说,我只是你梦到的人物。"格伦伯格大度地笑着说,"我还应该感谢你哩。"

"我来这儿,并不是因为特别喜欢你,而是因为我忍受不了一直想着弗莱明和历史研究所。"

格伦伯格抗议道:"这个弗莱明。在你去找报纸之前,可曾意识到他的存在?"

米勒站起身来,在豪华的办公室里放着的舒适的皮椅和巨大的红木办公桌间来回踱步,"我得面对这件事。我现在成了一件过去时代的展品,一件人工复制品。弗莱明说过我会落得这样的下场。"

"请坐下,米勒先生。"格伦伯格说,他的语调温和却又威严。等到米勒再次坐下,格伦伯格继续说:"我理解你说的话。你有一种笼统的感觉,周围的世界都不真实,像是舞台上的布景。"

"一场展览。"

"是的,博物馆里的一场展览。"

"在纽约历史研究所,R层,二十世纪楼层。"

"除了这种——模糊的不真实感之外,你还对这个世界以外的人物和地点有明确的记忆。你记得另外一个区域,我们的世界被包含在其中。也许我应该这么说,在那个'真实世界'里,我们这儿只是个影子世界。"

"对我来说,这个世界并不像幻影。"米勒用力敲打皮革椅背,"这个世界完全真实。这就是不对劲的地方。我进到这里,只是为了探查一个奇怪的声音,现在却回不去了。上帝啊,我的余生都只能在这个复制品世界里度过了吗?"

"我想你应该知道,有很多人都有过你现在的感觉,尤其是在面对巨大压力的时候。顺便问一下,那报纸在哪儿? 你找到它了吗?"

"对我来说——"

"那是不是你烦躁情绪的源头？我注意到，一提到报纸，你就会情绪激动。"

米勒疲惫地摇头，"算了，不说了。"

"的确，这是小事。报童不小心把报纸丢进了灌木丛，没丢到门廊处，这让你很生气。它一遍又一遍地发生，而且是一大早，在你出门上班之前。这件小事似乎象征了你在工作场合承受的一系列挫折和失败，甚至象征了你的整个生活。"

"我才不会在乎什么破报纸。"米勒看看腕表，"我该走了——已经快到中午了。戴维森老头一定会暴跳如雷的，要是我出现在办公室的时间晚于——"他突然住了口，"又来了。"

"什么？"

"所有这一切！"米勒不耐烦地指指窗外，"这一整个地方，这该死的世界，这场展览。"

"我有个想法。"格伦伯格医生缓缓说道，"我就直说了，要是不合适，你尽管反驳。"他抬起那双犀利、专业的眼睛，"看到过小孩玩火箭飞船吗？"

"上帝啊，"米勒气呼呼地说，"我连在地球和木星之间运输货物的商业货运火箭都见过好不好？它们就在拉瓜迪亚太空港起降。"

格伦伯格微微地笑了一下，"那继续回答我的下个问题，你工作压力大吗?"

"你什么意思啊?"

"那种感觉或许很好。"格伦伯格坦率地说,"活在一个未来世界,有机器人和火箭承担一切工作。你本人只要安享清福就够了。无须焦虑,没有忧愁,也不会有挫败感。"

"历史研究所的工作足够让人烦心和沮丧了。"米勒突地站起来,"听着,格伦伯格。要么这个世界只是历史研究所R层的一场展览,要么我就是个幻想着逃离现实的中产阶级职员。现在我还无法判断哪一个才是事实。我一会儿以为眼前的一切才是真实的,过一会儿又会——"

"我们很容易判断的。"格伦伯格说。

"怎么做?"

"你当时在找报纸。沿着房前的小路,一直走到草坪。那件事具体是在哪里发生的? 是在小路上? 还是门廊上? 试着回想下。"

"我不用费力回想就能知道,当时我在人行道上。我关掉了安全屏障,跨过了栏杆。"

"那就找到人行道,找准确切的位置,回到原地。"

"为什么?"

"这样你就可以证明给自己看了,并没有所谓的'另一边'。"

米勒缓缓地深吸一口气,"那要是有呢?"

"不可能。你自己都说了:两个世界,仅有一个是真实存在的。这个世界是真实的——"格伦伯格重重地拍了下他的红木办公桌,"因此,另一边不会有任何东西。"

"也是。"米勒沉默了一会儿。突然,一副古怪的表情浮现在他脸上,然后凝固住了,"你找到了漏洞所在。"

"什么漏洞?"格伦伯格困惑了,"什么——"

米勒向办公室的门走去,"我开始明白了,我提出的问题本身就错了。我不该一直试图甄别哪个世界是真实的。"他回头朝着格伦伯格医生苦笑,"显然,两个世界都是真实的。"

他拦下一辆出租车,回到家中。家里没有人。男孩们在学校,玛乔丽去城里买东西去了。他在房子里等待时机,确认没有人能看到街上的情况后,才沿着门前的小路走上人行道。

他没花多大工夫就找到了那个地点。在停车场的边缘,有一处空隙,那儿的空气中泛着微弱的光芒。透过空气,他能看到模糊的形状。

他是对的。就是这儿——完整、真实,就像他脚下的人行道一样真实。

微光中能看到一条被切断的长金属杆,露出了呈圆环形的边缘。他认出这是他为了进入展区而跳过的护栏,护栏后面就是安全屏障了，但安全屏障仍然是关闭的。再往外，就是本楼层的其他区域，尽头是历史研究所的墙壁。

他小心翼翼地迈步进入那片发光区。他身边的空气像雾一样是半透明的，闪烁着微光。模糊的形状变得清晰。有个身着暗蓝长袍的人影正在移动，还有些好奇的人正研究着展品。走动的人渐渐消失在了视野中。他已经可以看见自己的办公桌了，他的磁带播放器，还有成堆的研究资料卷。桌旁就是他的公事包，所在的位置跟他记得的一样。

他正想跨过围栏去取公事包时，弗莱明出现了。

当弗莱明走近时，米勒本能地从两个世界的连接处退了回去，或许是因为他看到了弗莱明脸上的表情。不管是因为什么，米勒已经回到了展区的世界，稳稳地踩在水泥路面上。弗莱明停在了连接处的另一侧，涨红了脸，嘴唇因为愤怒而扭曲。

"米勒，"他大声地说，"你给我出来！"

米勒笑着回答说："行行好，弗莱明。麻烦把我的公事包丢给我，就是我桌旁那个奇怪的东西。我给你看过的——记得吗？"

"别再耍花样，老实听我说！"弗莱明恶狠狠地说，"你麻烦大了。卡尔纳普已经知道了。我必须得向他报告。"

"干得漂亮，真是官家忠诚的走狗。"

米勒低头点燃他的烟斗。他深吸一口烟，吐出一大团灰色的烟雾。烟雾飘过连接处,飘进R层。呛得弗莱明一边咳嗽,一边后退。

"那是什么鬼东西?"他质问。

"烟草,他们这边的东西。这玩意儿在二十世纪很常见。你不会了解这些的——你研究的时代是公元前二世纪,古希腊时代。我不知道你是否喜欢那个时代。他们那时候没有完善的管道铺设技术,人的平均寿命也很短。"

"你在扯些什么?"

"相比之下,在我研究的这个时代,平均寿命就长得多了。而且,你真应该来看看我们这里的浴室,贴着黄瓷砖,还有淋浴。历史研究所的休闲中心可没有这些。"

弗莱明气哼哼地嘟囔说:"也就是说,你打算留在那边?"

"这地儿挺好。"米勒轻松自在地回答,"当然,我在这里属于社会中上层。我跟你讲讲这边的生活吧:我有个漂亮的妻子——在这个时代,婚姻是合法的,甚至是神圣的。我有两个不错的孩子,都是男孩,他们这周末要去俄罗斯河边野营。他们跟我和妻子生活在一起,我们有他们的完全监护权。国家无权干涉他们的成长。我还有一辆崭新的别克——"

"幻象!"弗莱明怒斥,"都是心理妄想。"

"你确定?"

"你这该死的白痴！我一直都知道，你这人过于自我，根本没有面对现实的勇气。你和你的复古怪癖都见鬼去吧。有时候，我为自己的理论专家身份感到羞耻，后悔自己当初没有选择工程部门。"弗莱明的嘴唇在颤抖，"你知道吗？你疯了。你站在一片属于历史研究所的人造展品中。这些都是由塑料、电线和各种架子搭成的，只是过往时代的复制品、模仿品。你却宁愿待在那里，而不肯面对现实。"

"真奇怪。"米勒若有所思地说，"我觉得自己刚听过同样一番说教。你应该不认识那位格伦伯格医生吧？他是位著名的心理学家。"

卡尔纳普总监带着他的那群助理和专家赶到现场，对他来说，这已经算是轻装简从了。弗莱明迅速退开。米勒发现自己见到了二十二世纪最有权势的人物之一。他笑笑，伸出一只手。

"你这个疯狂的混蛋。"卡尔纳普怒吼道，"自己给我滚出来，要么我们就把你拖出来。要是到了那一步，你就彻底完蛋了。你知道他们会对重度精神病患者做什么，他们会给你强制执行安乐死的。我给你最后一次机会，从那个虚假的展区——"

"抱歉。"米勒说，"但这里不是展区。"

卡尔纳普严肃的脸上突然显出惊讶的神色。有一会儿，他强大的气场消失了，"你是想说——"

"这是一扇时间之门。"米勒小声说,"你没办法拉我出去,卡尔纳普。你根本碰不到我。我身在过去的时代,在两百年前。我回到了曾经存在过的时间点。我发现了一座桥梁,利用它逃离了呈线性的时间系统。你奈何不了我的。"

卡尔纳普和他的专家们凑到一起,迅速开了个技术研讨会。米勒耐心地等待着,他有足够的时间,他已经决定了,下周一再去上班。

过了一会儿,卡尔纳普再次来到连接处前,小心翼翼地远离安全护栏,"你的理论很有趣,米勒。这正是精神病人的特异之处,他们会给自己的幻象合乎逻辑的阐释。先验合理性,你的概念看似可靠,内在逻辑一致。只不过——"

"只不过什么?"

"只可惜并不是真实的。"卡尔纳普重拾了信心,现在的他好像很享受这次谈话,"你以为自己真的回到了过去。是的,这个展区极为逼真。你的工作一直都做得不错,你的展区在细节的真实性上无与伦比。"

"我一直努力做好自己的工作。"米勒嘟囔道。

"你穿样式复古的衣服,说话方式也像个古代人。你尽一切努力让自己回到过去,沉浸在自己的研究当中。"卡尔纳普用手指轻敲护栏,"这样太可惜了,米勒。要是毁掉如此逼真的展品,真的是非常可惜。"

"我明白你的意思了。"米勒过了一会儿说，"我当然也觉得相当可惜。我一直为自己的工作成果感到骄傲——不愿意看到它被拆除。而且这样做，对你们没有任何益处，无非是关闭了一条时间隧道而已。"

"你确定？"

"当然。这个展区只是一座桥梁，是连接过去的一条纽带。我的确是通过展区回到了过去，但现在我已经不在展区中了。"他畅快地笑了，"拆除展区也抓不到我，只会把我困在过去。你要是想做，就动手吧。我并不想回去。我真希望你能看看这边的世界，卡尔纳普。这真是个不错的地方，自由，充满机遇，政府的权力有限，还必须对人民负责。如果你不喜欢自己的工作，可以辞职。这里也没有强制安乐死。过来看看呗，我介绍我的妻子给你认识。"

"我们会抓到你的。"卡尔纳普说，"毁掉你幻想中的一切。"

"我觉得，我'幻想'中的人物大概不会为此忧心的，格伦伯格肯定不会，玛乔丽应该也不会——"

"我们已经在做拆除准备了。"卡尔纳普平静地说，"我们会慢慢来的，不求一蹴而就。这样，你就有机会欣赏到我们是如何科学地毁掉你的幻想世界的，顺便领略一下末日之美。"

"你们在浪费时间。"米勒说。他转身离开,沿水泥路踏上砾石路,然后来到小屋门廊。

到了客厅,他一下子倒在安乐椅上,打开电视。接着去了趟厨房,拿来一罐冰啤酒。他乐呵呵地回到安全又舒适的客厅中。

他坐在电视机前,发现低矮的咖啡桌上有件东西,卷作一团。

他苦笑起来,这不就是他找了半天的晨报吗?玛乔丽把它跟牛奶一起拿进来了,就像平常一样。但显然,她忘记告诉他了。他满足地打了个哈欠,伸手拿起报纸。他安然自若地打开报纸,读到了加粗的头版头条:

俄罗斯研制出钴弹①

全球末日近在眼前

(郝秀玉 译)

---

① 只存在于设想中的核武器。钴-60衰变产生的射线会破坏生物DNA,地球生物会在短时间之内全部灭亡。

第二梦
乘火车的通勤客
THE COMMUTER

【导读】

剧集:《通勤客》　　原作:《乘火车的通勤客》

编剧:杰克·索恩

关于菲利普·迪克,我还能说出点儿什么没被人说过的呢? 我敢说,这本书里,肯定有不少人会称赞他目光长远,称赞他能在眨眼间将读者的思绪传送至遥不可及之地。他的想象力是那么的丰满,那么的透彻。阅读过大量科幻作品的人一定会发现,有的作者在作品中迸发创意,有的作者在构建一个世界,而PKD则是在构建形形色色的宇宙。

然而,他最让我崇拜的——同时也是《乘火车的通勤客》让我所着迷的——是他总能从非凡之处发现平凡。他笔下的角色,没有一个是蓄势待发的超级英雄,确切地讲,全部是普通人——命运会透过窗户向他们使个眼色,而他们则会顺势而为。

他们不会突然改变自我，而是随着世界的转变，自然而然地变化。

我的祖父在伦敦的尤斯顿火车站当了一辈子售票员。于是，《乘火车的通勤客》立刻就吸引了我。故事的构思让我心醉沉迷，这主角得以瞧瞧新的可能性，瞧瞧那个不曾存在但可能存在的地方，瞧瞧那个他可能爱上并让他能够逃离现下生活的地方。我不想透露太多——因为我可不想毁了那一波三折的剧情——但正如PKD作品的一贯风格，剧临结尾，他提出了发人深省的问题：作为人类，我们想要什么？我们应该得到什么？

去年一整年，我都埋头于这个故事——而当我重读时，却仍有疑惑未解。希望你也能与我一样，发现这个故事的美好。

杰克·索恩(Jack Thorne)，剧作家、制片人，曾五次获得英国电影学院奖，撰写过热门电视剧《最后的粉红豹》《国家淫才》、原创故事片《童子军手册》和《战争白皮书》的剧本，并将尼克·霍恩比的《自杀四人组》改编为剧本。杰克创作的戏剧曾在多国上演，包括在伦敦西区剧院上演的《哈利波特与被诅咒的孩子》和约翰·波耶加主演的歌剧《沃伊采克》。

（肖钰泉　译）

乘火车的通勤客

这个小个子男人看上去疲惫不堪。他步履迟缓地挤出往来的人流,穿过车站的大厅,来到售票窗口前,神色焦急地排队等候。他佝偻着背,棕色外套耷拉着穿在身上。

"下一位!"售票员艾德·雅各布森扯着嗓子叫道。

小个子男人往柜台甩下一张五美元钞票,"给我拿一本新的月票簿。上一本用完了。"他看了一眼雅各布森身后墙上的挂钟,"天啊,已经这么晚啦?"

雅各布森收好那张五美元钞票,"好的,先生。一本月票簿。去哪儿?"

"麦坎海茨镇。"小个子声音清楚地说。

"麦坎海茨镇。"雅各布森查询着路线板,"麦坎海茨镇。没有这个地方。"

他狐疑地板起脸来，"你在开玩笑吗？"

"先生，没有麦坎海茨镇。除非真有这么个地方，我才能卖车票给你。"

"你在说什么？我住在那里！"

"嘿，我可不关心你住哪儿。我已经卖了六年的票，真没有这个地方。"

小个子震惊得瞪大了眼睛，"但我的家在那里，我每晚都会回家。我——"

"给你。"雅各布森把铁路路线板推给他，"你自己找。"

小个子将路线板拿到一边，疯了似的查看；他颤抖的手指顺着镇名条目往下移动。

"找到没？"雅各布森将胳膊倚在柜台上，大声问道，"找不到，对吧？"

小个子茫然地摇着头，"我不明白。没有道理啊，一定是哪里出错了。肯定有——"

突然，他消失了。路线板落在了水泥地上。小个子不见了——眨眼间，没了踪影。

"撞鬼了！"雅各布森倒吸了口冷气。他张了张嘴，又闭上了。水泥地上空空如也，只剩下一块路线板。

小个子男人消失不见了。

"然后呢?"鲍勃·派恩问。

"我出去看了看,捡起路线板。"

"他真的消失了?"

"真的,没骗你。"雅各布森擦了擦前额,"我真希望你在场。就像灯泡熄灭一样,倏地不见了。无影无踪,没发出任何响动。"

派恩点燃了一支烟,向后靠在椅子上,"你以前见过他没有?"

"没有。"

"当时是一天中的什么时候?"

"差不多就在这个钟点。"雅各布森走到售票窗口前,"有几个人来买票。"

"麦坎海茨镇。"派恩翻看着本州的城镇指南,"这些线路薄的条目栏里并未收录。如果他再出现,我想跟他谈谈。请他到售票室来。"

"当然。我可不想跟他扯上什么关系。事情太诡异了。"雅各布森转身面向窗户,"你好,夫人。"

"买两张到刘易斯堡的往返票。"

派恩捻灭了烟头,又点燃了一支,"我有种挥之不去的感觉,我似乎以前听到过这个地名。"他站起身,踱步来到挂在墙上的地图前,"但它并未被收录。"

"没有收录是因为不存在这个地方。"雅各布森说,"你不会觉得我每天站在这里,卖出一张又一张车票,却不知道这么个地方吧?"他转向售票窗口,"你好,先生。"

"我想买一本到麦坎海茨镇的月票簿。"小个子男人说,紧张地看了一眼墙上的挂钟,"麻烦快点儿。"

雅各布森闭上了眼睛,紧紧地闭着,然后又睁开,小个子还在那儿——皱眉皱眼的小脸,稀疏的头发,戴着眼镜,神色疲倦,身上的衣服耷拉着。

雅各布森转身走到派恩身前,"他回来了。"雅各布森咽了口口水,脸色发白,"又是他。"

派恩的眼神闪烁了一下,"请他进来。"

雅各布森点了点头,回到售票窗前,"先生。"他说,"能否进来一下?"他指了指门,"副总裁想见你。"

小个子的脸阴沉了下来,"有什么事? 火车就快开了。"他低声咕哝着,推开门走进了售票室,"以前可从没发生过这种事。买本月票簿真是越来越难了。如果我错过了火车,我非得把你们公司——"

"请坐。"派恩示意了一下桌子对面的椅子,"先生,就是您想买去麦坎海茨镇的月票簿?"

"有什么好奇怪的吗? 你们所有人都怎么了? 为什么不能

像以往一样卖给我月票簿呢?"

"像……像以往一样?"

小个子竭力控制着自己的情绪,"去年十二月,我和妻子搬到了麦坎海茨镇。我每周要乘坐十次火车,每天两次,已经有六个月了。每个月我都会买一本新的月票簿。"

派恩向小个子倾过身去,"您具体乘坐的是本公司的哪一列火车,您叫——"

"克利切特。厄内斯特·克利切特。B线火车。你连自己的火车时刻表都不清楚吗?"

"B线火车?"派恩拿起一根铅笔,笔头沿着B线的路线图移动,仔细察看。上面没有麦坎海茨镇。"行程有多长? 您要坐多久火车?"

"正好四十九分钟。"克利切特抬头看了一眼墙上的挂钟,"如果我能准时上车的话。"

派恩在脑中默算。四十九分钟。大约驶出城市三十英里①。他站起身来,走到挂在墙上的大地图前。

"有什么问题吗?"克利切特脸上现出疑虑的神色。

派恩在地图上等比例地画出一个半径为三十英里的圆圈。圆圈穿过了几个镇子,但没有一个是麦坎海茨镇,而且与B线的

---

① 1英里为1.6093公里。

相交点上根本空无一物。

"麦坎海茨镇是个什么样的地方?"派恩问,"住了多少人?能告诉我吗?"

"我不太知道。五千人,也许吧。我大多数时间在城里。我是布拉德萧保险公司的记账员。"

"麦坎海茨镇是个很新的地方吧?"

"倒是个挺现代化的地方。我们有一栋双卧室的小房子,建成有两三年了。"克利切特不耐烦地挪动了下身子,"能卖给我月票簿吗?"

"恐怕——"派恩缓缓地说,"我不能卖给您月票簿。"

"什么?为什么不能卖给我?"

"我们不提供运送旅客到麦坎海茨镇的服务。"

克利切特跳了起来,"你是什么意思?"

"没有这么一个地方。请您自己看地图。"

克利切特张口结舌,脸色变幻不定。然后他愤恨地转过头,双目喷火一般,扫视墙上的地图。

"现在的情况非常奇怪,克利切特先生。"派恩低声道来,"地图上找不到这个地方,本州的城镇地址录上也并未收录;我们没有包含这个地址的火车时刻表,也没有针对它制定的月票簿。我们没有——"

派恩的话戛然而止。克利切特消失了。一瞬间前,他还在那儿,研究着墙上的地图。下一瞬间,他就不见了,消失了。如一缕青烟,消散了。

"雅各布森!"派恩吼道,"他不见了!"

雅各布森睁大了眼睛,汗珠从他的额头冒了出来,"我真的见鬼了。"他喃喃道。

派恩凝视着厄内斯特·克利切特原来所在的位置,陷入了沉思,"有什么事正在发生,"他自言自语道,"很奇怪的事。"他忽地抓起大衣,向门口走去。

"别留下我一个人!"雅各布森乞求道。

"如果你需要我,我会在劳拉的公寓。电话号码就在我桌子上。"

"现在可不是找姑娘游戏人生的时候。"

派恩推开通向大厅的大门,"我怀疑,"他严肃地说,"这事儿可不是什么游戏。"

派恩一步两级阶梯地爬到了劳拉·尼科尔斯的公寓门前。他倚靠在门铃按钮上,直到门打开。

"鲍勃!"劳拉惊喜地眨了眨眼睛,"我交了什么好运——"

派恩推开她,进了公寓,"希望我没打扰到你。"

"没有,不过——"

"有件大事要处理。我需要一些帮助。我能信任你吗?"

"信任我?"劳拉关上了门。她的公寓布置得很雅致,光线半明半暗。深绿色长沙发的一端摆着一张小桌,桌上有一盏不亮的台灯。厚重的窗帘已经拉起。角落里,留声机低声播放着曲子。

"也许我要疯了。"派恩一下子躺倒在豪华的绿色沙发上,"我要去查明一件事情的真相。"

"我能帮上什么忙吗?"劳拉双手抱着胸,唇间叼着根香烟,慵懒地走了过来。她晃了晃头,将遮住眼睛的长发甩开,"说吧,什么事儿?"

派恩感激地对她露出了笑容,"你会大吃一惊的。我需要你明天大清早进一趟城,然后——"

"明天早上! 我有工作的,记得吗? 办公室这个星期要做个新的系列报道。"

"别管报道了。明早请假,到城里最大的图书馆去。如果你在那儿查不到信息,就到市法院大楼,逐一查阅纳税记录存档,一直找到它为止。"

"'它'? 找什么?"

派恩若有所思地点燃了一支香烟,"但凡和麦坎海茨镇这个地方有关的信息。我感觉自己以前听说过这个地方,在好多年前。你明白要找什么了吗？去翻看老地图,阅览室的旧报纸、旧杂志、报道、城市议案、提交给州议会的法律修正案。"

劳拉徐徐地在沙发扶手上坐下,"你在开玩笑吧?"

"没有。"

"要查到多久以前?"

"也许十年前——如果有必要的话。"

"老天爷! 我可能不得不——"

"待在那儿,找到为止。"派恩突然站起身来,"我以后再来看你。"

"你要走了,你不准备带我出去吃晚餐吗?"

"抱歉。"派恩走向门口,"我很忙。真的很忙。"

"忙什么?"

"去拜访麦坎海茨镇。"

疾驰的火车外,一望无际的田地向两边平铺开去,间或有农场仓房闪过。傍晚的天空下,一根根电线杆萧索而立。

派恩看了下手表;现在还未驶出多远。火车穿过了一座小镇,这里有两三家加油站、几个路边小摊和一家电视机店。不久后,随着刺耳的刹车声,火车在一个车站停了下来——路易斯堡。几个穿着大衣、挟着晚报的通勤客下了车。车门关闭,火车再次发出。

派恩向后靠坐在座位上,陷入了沉思。克利切特是在看墙上地图时消失的;他第一次消失时,雅各布森给他看了路线板……克利切特自己查看时,并没发现麦坎海茨镇这个地方。这其中是否隐藏着某种线索? 整件事极不真实,就仿佛发生在梦境中一样。

派恩向外看去。他差不多快到了——如果真有这么个地方的话。火车外,平坦的棕色田地向远方延展,与山丘相接。沿途的电线杆一晃而过。州际高速公路上奔驰的汽车,恍如一个个小黑色小点,驶入了暮光中。

但他仍未见到麦坎海茨镇的路牌。

火车呼啸着一路前行。派恩看了看手表。时间已过五十一分钟,但他什么也没看见,只有满眼的田地。

他走过车厢,在一位白发苍苍的年老列车员旁坐下。"你听说过一个叫麦坎海茨镇的地方吗?"派恩问。

"没有,先生。"

派恩向他出示了身份证明,"你确定没听说过叫这个名字的地方吗?"

"我确定,派恩先生。"

"你在这条路线上工作多少年了?"

"十一年,派恩先生。"

派恩在下一站——杰克逊维尔站——下了车,随后转乘回城的B线火车。太阳已落山,天色几乎黑了下来。透过车窗,他勉强能看清外面昏暗的景色。

他突然紧张地屏住呼吸。火车刚行驶了一分钟不到,也许四十秒。有什么东西闪了过去?平坦的田地。斑驳的电线杆。两个镇子之间的一块废弃荒地。

两个镇子之间?火车轰鸣前行,行驶在暗沉的夜色中。派恩眼睛一眨不眨地盯着窗外。外面真的有什么东西吗?除了田地之外的东西吗?

荒地的上方,大片淡淡的烟雾拖曳成一条长长的尾巴——均匀散布长达数英里。那是什么?火车头喷出的烟气吗?但火车烧的是柴油。或是高速公路上卡车的尾气?灌木丛起火?但田地里看起来没有燃烧的迹象。

突然,火车开始减速。派恩心头一震。火车越行越慢,"轰隆"一声彻底停了下来;尖锐的刹车声响起,车厢猛烈地摇晃了几下,而后恢复平静。

车厢过道间,站起一个穿轻便大衣的高个男人。他戴上帽子,匆忙向车门走去,然后跳下火车,踏上地面。派恩迷惑地看着他。那个男人快步从火车边离开,走进了黑压压的田地。他径直朝着那片烟雾前进,似乎那是他的目的地。

那个男人上了缓坡——距地面一英尺高,向右拐去,接着又沿缓坡向上爬了三英尺。有那么一会儿,他弓着身子前行,几乎要贴到地面。他渐行渐远,走进了朦胧的烟雾里,不见踪影。

派恩急忙起身,几步跨到车厢过道上。但火车已经开始提速,车外的地面向后退去。派恩找到列车员,一个靠在车厢壁上、脸胖嘟嘟的年轻人。

"听着,"派恩粗声粗气地问,"刚才的那个站是什么地方?"

"你说什么,先生?"

"刚才那个站!我们刚才到底在哪里?"

"我们一直都在那个站停车。"列车员慢腾腾地将手伸进衣服,掏出一沓火车时刻表。他整理了一下,抽出一张递给派恩,"B线火车一直都会在麦坎海茨镇站停车。你不知道吗?"

"不知道!"

"时刻表上印着呢。"年轻人又翻开了他的廉价小说杂志,"一直都在那儿停车,以前是,以后也会是。"

派恩打开了时刻表。果然如此。列表中,麦坎海茨镇位于杰克逊维尔镇和路易斯堡之间,正好距离城市三十英里。

那团范围广大的灰色烟雾翻滚着,快速聚拢成某种形态,似乎有什么东西呼之欲出。事实上,真的有东西渐渐显现出来。

是麦坎海茨镇!

第二天早上,他在公寓里见到了劳拉。劳拉穿着淡粉色运动衫和黑色休闲裤,正坐在咖啡桌前。桌面上放着一沓笔记、一支铅笔、一块橡皮擦和一杯麦芽乳。

"你的进展怎么样?"派恩急不可耐地问。

"还不错。我查到了你要的信息。"

"具体细节呢?"

"相关的材料非常多。"她拍了拍那沓笔记,"我对主要部分做了归总。"

"说说都总结出了什么?"

"七年前的这个时候——八月份,市议会投票决定是否在城市外的郊区新建三片住宅区。麦坎海茨镇是其中之一。但此事争议很大,大多数城里的商人反对建新区,他们说,这些新区会将很大一部分的城市零售业分流出去。"

"继续。"

"双方打了很长时间的嘴仗。最后,沃特维尔镇和雪松林镇两片新区获准建设,但没有麦坎海茨镇。"

"我明白了。"派恩若有所思地低声说。

"麦坎海茨镇被取消了,作为折中方案,三中留二。那两片住宅区马上就破土动工了。你应该知道的。有一天下午，我们路过了沃特维尔镇，很不错的小地方。"

"但没建麦坎海茨镇？"

"没有。麦坎海茨镇被放弃了。"

派恩摩挲着下巴，"这就是全部的细节。"

"是的。你知不知道，因为这件事，我损失了整整半天的工资？你今晚必须带我出去。也许我该换一个男朋友。我都开始怀疑自己当初的选择是不是错了。"

派恩心不在焉地点了点头，"七年前。"突然间，他想到了什么，"投票！麦坎海茨镇差几票落选？"

劳拉查看了下笔记，"以一票惜败。"

"仅差一票。七年前。"派恩推开房门，进了一楼大厅，"谢谢，亲爱的。事情开始讲得通了。非常讲得通！"

他在公寓楼前拦下一辆计程车。计程车载着他穿行于城市中，驶向火车站。车窗外，标牌、街道、行人、商店和车辆一闪而过。

他的直觉是正确的，他以前听说过这个名字。七年前。市议会爆发了一场关于新建郊区住宅区的激烈争论：两个镇子被批准；一个镇子被取消，并被遗忘了。

但现在，这座被遗忘的小镇渐渐出现了——七年之后；与之一起出现的还有那片地区未为可知的现世状况。怎么会这样？难道过去有什么被改变了吗？过去的时间区间发生了变化吗？

这似乎可以算作一个解释。投票结果仅差一票。麦坎海茨镇差一点儿就被批准了。也许过去的时间区间的某个部分并不稳定。七年前那段特殊时间也许是关键；也许那段时间一直没有"稳固"。他的脑海里突然跳出一个奇怪的念头：过去已经发生，但过去正在改变。

派恩的瞳孔骤然缩小，他当即坐直了身体。在街对面的中间段，一间不起眼的小铺面上方，悬挂着一个广告牌。当计程车驶过时，派恩凝神望去。

布拉德萧保险

【兼】

公证服务

他思量了一会儿。这是克利切特上班的地方；它也会突然出现又消失吗？它一直在那里吗？诸如此类的问题纷至沓来，搅得他烦躁不已。

"请开快点儿，"派恩要求司机，"加快速度。"

当火车减速即将进入麦坎海茨镇站时，派恩已快速站起身，穿过车厢过道来到车门前。伴着车轮与轨道之间的刺耳摩擦声，火车猛地停了下来。派恩跳下火车，踏上了滚烫的砾石路面。他环视了一下四周。

午后的阳光下，麦坎海茨镇闪闪发光，一排排整齐的房屋向各个方向延伸开去。镇子中央悬挂着放露天电影的大幕布。

这里甚至还有露天电影！派恩穿过铁路向镇子走去。火车站外有一个停车场。他走过停车场，顺着一条小路经过一个加油站，走上人行道。

他来到镇子的主街道上。在他的面前，道路两旁的商店次序排开：一家五金店、两家药房、一家廉价日用品商店、一家现代百货商店。

派恩双手插兜，沿路漫步而行，打量着麦坎海茨镇。一栋高大宽阔的公寓楼赫然矗立。守门人正冲洗着门前阶梯。一切都看起来崭新而现代：房屋、商店、人行道和停车收费器。一个穿褐色制服的警察正在给一辆汽车开罚单。路边按间距隔开生长的树木，修剪得很整齐。

他经过了一家大型超市。超市门前，放着一个装有橙子和葡萄的箱子。他拿起一颗葡萄，咬了一下。

毫无疑问，葡萄是真的——康科德紫葡萄，又黑又大，甜美多汁。但是二十四小时前，这里除了一片废弃荒地，空无一物。

派恩走进其中一家杂货店。他翻了翻几本杂志,然后坐在吧台前。他向脸红扑扑、身材娇小的女招待点了一杯咖啡。

"这真是一个漂亮的小镇。"派恩在她端来咖啡时说。

"可不是嘛。"

派恩犹豫了一下说:"你……你在这里工作多久了?"

"三个月。"

"三个月?"派恩仔细看了看这位金发碧眼、身材丰满的小美女,"你住在麦坎海茨镇?"

"哦,是的。"

"住了多久了?"

"我想有两三年了。"她走开了,去招待一个在吧台前坐下的年轻士兵。

派恩抽着烟、喝着咖啡,清闲地看着店外往来的行人。普通人,男人和女人;女人占大多数。几个人提着购物袋、推着购物车。路上的汽车慢慢驶过。这是一个宁静的郊区小镇,中产阶级居住的现代化上流社区。这里没有贫民区。房屋小巧而吸引人,商店挂着霓虹灯招牌,门口面向草坪斜坡。

几个高中学生你推我、我推你,欢笑着跑了进来。两个穿着亮色运动衫的女孩在派恩旁边坐下,点了两杯青柠饮料。她们快乐地聊着天,欢声笑语飘进了他的耳朵。

他若有所思地看着她们，心情不知为何闷闷不乐起来。她们都是真实的——彻头彻尾的。涂着口红的双唇，蔻丹红的十指；穿在身上的运动衫，挟在胳膊下的课本。又有十几个高中学生迫不及待地拥进了杂货店。

派恩疲倦地揉了揉太阳穴。这看起来根本不可能。也许他精神失常了。这个镇子是真实存在的，绝对真实；它肯定以前就一直存在。一整座镇子不可能无中生有，不可能从一团灰色雾气里凭空出现。五千人口、房屋、街道和商店，这一切，不可能。

还有布拉德萧保险公司。

残酷的现实让他打了个冷战。他突然明白了。麦坎海茨镇的影响正在扩散，它扩散到了镇外，到达城市内。城市也在发生变化。布拉德萧保险公司，克利切特工作的地方。

如果麦坎海茨镇不影响城市，它将不能独存。它们之间相互关联。五千人来自于城市；他们的工作和生活都离不开城市。

但影响有多深呢？城市改变的程度有多大？

派恩往吧台上丢下一枚二十五美分硬币，急匆匆地出了杂货店，向火车站而去。他必须赶回城市。劳拉是否发生了变化？她是否还在那里？他自己的性命是否还安全？

他感到极度的恐惧。劳拉，他所有的财产，他的计划、期盼和梦想。突然，麦坎海茨镇变得无关紧要。他自己的生活正处于危险中。现在只有一件紧要事情：他必须去确定，确定自己的生活仍在那儿，没有被从麦坎海茨镇不断发散、不断扩大的影响圈触碰。

"到哪儿去，伙计？"计程车司机问，此刻派恩刚跑出城市火车站。

派恩告诉司机地址。计程车轰然启动，驶入车流。派恩紧张地靠坐在座位上。车窗外，街道和办公楼一闪而过。白领员工已经开始下班，大批的人群走出办公楼，人行道的各个角落都站着人。

变化会有多大？他聚精会神地看着街边建筑。那座大型百货商店是否一直在那儿？旁边的那家小擦鞋店，他以前怎么从未注意过？

诺里斯家居饰品

他不记得是否见过这个广告牌。但他又怎么确定呢？他有些困惑，感觉难以分辨。

派恩在公寓楼前下了计程车。他站了一会儿，环顾四周。在街道的尽头，一家意大利熟食店外，老板正在支遮阳篷。那个地方是一家熟食店吗？

他记不大清了。

街对面的大型肉品市场到哪儿去了？那里除了几栋整洁的小型房屋——不像是新建的，似乎有些年头了——什么也没有。那里有过肉品市场吗？可这些房屋看起来却是真真切切的。

前方的那条街道上，一家理发店外的条纹柱闪闪发光。理发店以前就在那里吗？

也许它以前就在那里。也许在，也许不在。一切都在悄悄地改变。新的事物出现，旧的事物消失。过去的世界正在发生改变，而记忆依存于过去。他怎么能相信自己的记忆？他怎么能确定？

恐惧笼罩了他的全身。劳拉，他的世界……

派恩跑上公寓楼前的阶梯，推开大门。他沿着铺了地毯的楼梯跑上二楼。公寓的门没有上锁。他默默祈祷着推门而入，觉得心脏都快跳出来了。

客厅内昏暗寂静，百叶窗拉开了一半。他疯了似的查看房间：浅蓝色的沙发，扶手上放着几本杂志；金黄色的橡木矮桌；电视机。但房间里没人。

"劳拉！"他倒吸了口冷气。

劳拉快步从厨房里走了出来，眼睛诧异地睁得大大的，"鲍勃！你在家里干什么？出什么事了吗？"

派恩松了口气，身体放松了下来，"你好啊，亲爱的。"他紧紧地抱住她亲吻。她的身躯温暖而实在，让他感觉万分真实。"不，没出事。一切正常。"

"真的吗？"

"真的。"派恩用颤抖的双手脱下外套，将它扔在了沙发后背上。他在房间内踱着步，仔细检查着所有的东西。他的信心又回来了。熟悉的蓝色沙发，被香烟烫出痕迹的沙发扶手，破旧的脚凳，晚上办公用的书桌，靠在书柜后墙壁上的鱼竿。

还有那台他一个月前刚添置的大电视机，安全无虞。

每一件东西，他拥有的一切，都未受影响，安全、完好无损。

"晚餐半个小时后才会好。"劳拉低声抱怨着解开了围裙，语气有些焦急，"我没想到你会这么早回家。我一整天都无所事事地闲坐着，只清理了炉子。有个推销员留下一份新型吸尘器的试用品。"

"没关系，慢慢来。"他看了看墙壁，自己最喜爱的那幅雷诺阿版画仍挂在那儿，"又看见了这些东西，感觉真好。我——"

卧室里传来一阵哭声。劳拉赶忙转身，"我想我们把吉米吵醒了。"

"吉米？"

劳拉笑出了声，"亲爱的，难道你不记得自己的儿子了吗？"

"怎么会忘记呢？"派恩喃喃道，有些恼怒。他跟在劳拉身后缓步进了卧室，"刚才有一阵儿，我觉得一切都陌生极了。"他揉了揉额头，皱起了眉头，"陌生而疏远，就像镜头失去了焦点。"

他们站在婴儿床前，低头凝视着儿子。吉米瞪大了眼睛，看着他的父母。

"一定是日头太毒，"劳拉说，"屋外的温度太高了。"

"肯定是因为太阳。我现在感觉好多了。"派恩伸手轻轻碰了下婴儿。他搂住自己的妻子，将她拥入怀中，"肯定是因为太阳。"他深情地注视着她的双眸，露出了微笑。

（肖钰泉　译）

第三梦
不可能存在的行星
IMPOSSIBLE PLANET

【导读】

剧集:《不可能存在的行星》 原作:《不可能存在的行星》

导演 / 编剧:大卫·法尔

《不可能存在的行星》篇幅极短,不过寥寥数页,并且只有一个简单的点子。但读到它时,我却爱上了故事中提出的那个问题——银河系中,两个籍籍无名的小人物,试图骗一位非常非常老的女士乘坐他们的太空飞船前往一颗荒僻星球,从而狠赚一笔。但到底是谁骗了谁呢?

菲利普·迪克的一个不凡之处在于,即使是他最简单的故事,也能萌生出永不过时的主题。《不可能存在的行星》触及了失落、过去、记忆,还有我们的恐惧——地球上的生命也许并不能恒久,并有可能已行将就木。原作提出了一个问题:何为人类?

文中还描写了一个比两个人类主角更忠诚的机器人,如此安排,原作又提出了另一个问题:何为灵魂?

原作的内核是道德故事。我在改编时,出于突发奇想,加入了一点儿原作没有的奇特浪漫元素。改编的乐趣正在于此,就像是在原作里翻找从不曾言明的"潜台词"。这一次,我找到了失落的爱情、失落的天堂,还有对失而复得的希望。

尽管《不可能存在的行星》篇幅短小,但通篇却弥漫着一种对许多事物——特别是那颗不再存在的地球——莫名的失落感和怀旧感。

又或者,真的有吗?

大卫·法尔(David Farr),戏剧作家、电影剧作家、导演,曾为电视剧《夜班经理》和故事片《邻家秘事》撰写剧本,并担任后者的导演。法尔同时还为2011年上映的故事片《汉娜》撰写剧本,目前该片正由其本人改编为连续剧。

(肖钰泉 译)

不可能存在的行星

"她只是站在那儿。"诺顿紧张地说,"船长,你得跟她好好谈谈。"

"她想要什么?"

"她想要一张船票。她耳朵完全聋了。她只是站在那儿,眼神怔怔地,怎么都不愿意离开。看得我心里直发毛。"

安德鲁斯船长缓缓地站了起来,"好吧,我跟她谈谈。请她进来。"

"谢谢。"诺顿冲着廊道喊道,"船长要跟你谈谈。请进。"

控制室外传来了响动。一抹金属亮光闪过。安德鲁斯船长将桌面扫描器推到一边,站着等候。

"往里走。"诺顿回到控制室,"这边来。就在这里面。"

诺顿身后跟着一位干瘪的小老太太,由一个锃光瓦亮的高大机器人侍者搀扶着,步履迟缓地走了进来。

"这是她的身份文件。"诺顿往星图桌上抛下一个文件本,惊叹道,"她已经三百五十岁了,是现今最年长的人类,来自里拉二号行星。"

安德鲁斯慢慢地逐页翻看文件。小老太太静静地站在星图桌前,无神地直视前方。她淡蓝色的眼睛已失去了光泽,宛如年代久远的瓷器。

"厄玛·文森特·戈登。"安德鲁斯低声念道,他抬起头,"我念得对吗?"

老太太没有回答。

"她什么也听不见,先生。"机器人侍者说。

安德鲁斯咕哝了一声,视线重回文件本。厄玛·戈登,里拉星系最早一批定居的移民,出生地未知——也许出生在早期航行于宇宙中的亚C级移民船上。他的心底泛起了一丝别样的情绪。沧海桑田,世事变迁。悠悠数个世纪,曾从这位小老太太的眼前流过!

"她想乘船旅行?"他问机器人侍者。

"是的,先生。她从家乡而来,只为了买一张船票。"

"她的身体承受得了太空旅行吗?"

"她不远万里从里拉星系来此,要到北落师门第九星系去。"

"你说她要去哪儿?"

"去地球,先生。"机器人侍者说。

"**地球**!"安德鲁斯顿时瞠目结舌。他语气紧张、一字一顿地问道:"你说的是什么意思?"

"她希望能乘飞船前往地球,先生。"

"看见了吗?"诺顿低声说,"她彻底疯了。"

安德鲁斯的双手紧紧握住桌沿,面朝老太太说道:"夫人,我们不能卖给你前往地球的船票。"

"她听不见你,先生。"机器人侍者说。

安德鲁斯拿过一张纸,用粗字体写下:

不能卖给你前往地球的船票

他举起纸张。老太太仔细地看了看文字,眼珠随之移动。她的嘴唇颤动了一下。"为什么不能?"她终于说道,声音就像草丛摇曳的沙沙声,微弱而干涩。

安德鲁斯笔迹潦草地快速写下答案:

没有这个地方

而后又郑重地添上一行字：

神话——传说——从未存在过

老太太暗无光泽的眼珠转动了一下，目光离开了纸张。她面无表情，直勾勾地盯着安德鲁斯。安德鲁斯感到浑身不自在。站在一旁的诺顿汗流浃背。

"天哪，"诺顿小声叫道，"快把她从这里弄出去。她要给我们施妖法了。"

安德鲁斯对机器人侍者说："你难道不能让她明白吗？没有地球这个地方——这一结论已经被论证了无数遍。不存在人类起源地这样的行星。所有的科学家一致同意，人类是同时出现在宇——"

"前往地球是她的心愿，"机器人侍者耐心地解释道，"她三百五十岁了，政府已经停止了她的生命维持治疗。她希望在离世前，去一趟地球。"

"可地球只是个神话！"安德鲁斯发怒了。他张了张嘴，又闭上了，不知说什么好。

"多少钱？"老太太说，"要多少钱？"

"我说了，没办法做到！"安德鲁斯吼道，"没有这么——"

"我们有一千活跃点。"机器人侍者说。

安德鲁斯一下子安静了,惊得脸色发白,"一千活跃点。"他咬紧了牙,血色彻底从脸上褪了去。

"多少钱?"老太太重复道,"要多少钱?"

"这些钱足够吗?"机器人侍者问。

安德鲁斯默默地吞咽着口水。片刻后,一个词从他嘴中猝然蹦出,"当然,"他说,"绰绰有余。"

"船长!"诺顿反对道,"你疯了吗? 你明知没有地球这个地方! 我们到底怎么才——"

"当然,我们会送她去。"安德鲁斯双手颤抖地扣上无袖外套的纽扣,"无论她想去哪里,我们都送她去。告诉她,一千活跃点,我们很荣幸送她去地球。同意吗?"

"理应如此,"机器人侍者说,"她已为此存钱多年。她马上就把一千活跃点支付给你。钱一直被带在她身上。"

"听着,"诺顿说,"你搞不好会坐上二十年大牢。政府会没收你的财产、你的卡,还有——"

"住口。"安德鲁斯转动星际可视发信机的拨号盘。船身下部,喷气发动机隆隆地轰鸣着。航速缓慢的运输船已经飞入太空深处。"给我接半人马星系二号行星主信息图书馆。"他对着话筒说道。

"即使是为了一千个活跃点，你也不能这么做。谁也不能这么做。政府想找地球不知有多久了。理事会的飞船追查了整个宇宙中每一颗衰竭的行星——"

可视发信机发出"咔嗒"声，"半人马星系二号行星。"

"信息图书馆。"

诺顿攥住了安德鲁斯的胳膊，"求你了，船长。就算给两千活跃点——"

"给我查找以下信息，"安德鲁斯对发信机的话筒说，"所有已知的，与地球——传说中的人类发源地——相关的切实资料。"

"并未存在切实资料，"图书馆监视器漠然的声音响起，"你所查询信息属于元项目①信息。"

"有什么未经证实却广为流传的报告留存下来吗？"

"有关于地球的传说记录大多遗失在半人马星系与里拉星系的'4-B33a'冲突中。留存下来的信息残缺不全，各类描述不一而足——比如，地球是一颗巨大的行星，有行星光环和三个卫星；又比如，地球是一颗大密度的小行星，有一个卫星，所在的星系由十颗行星环绕一颗白矮星构成，地球最靠近白矮星……"

"最为普遍的传说是什么？"

---

① 指描述项目的项目，此为菲利普·迪克自创词汇。

"莫里森'5-C21r'报告从整体上分析了各民族对地球的口耳相传的描述,最后总结得出,人们普遍认为地球是一颗小行星,只有一个卫星,其所在星系由九颗行星构成,按离中央恒星由近及远排序,地球为第三。除此之外,其他的传闻莫衷一是。"

"原来如此。九行星星系里排序第三,只有一个卫星。"安德鲁斯关闭了通信回路,屏幕熄灭了。

"那又如何?"诺顿说。

安德鲁斯腾地站了起来,"她很可能知道关于地球的每一个传说。"他指着下方的旅客舱室说,"我要把传说变为现实。"

"为什么? 你想干什么?"

安德鲁斯"哗啦"翻开星位全图,手指顺着索引往下移动,接着开启了扫描器。不消片刻,扫描器吐出一张卡片。

他抓起星位全图,将目的地输入机器人飞行员,"艾姆法星系。"他沉吟道。

"艾姆法? 我们要去那里?"

"据星位图所示,拥有九行星的星系中,排序第三的行星只有一个卫星的,一共存在九十个。艾姆法星系离我们最近。我们就去那里。"

"我真的搞不懂,"诺顿抗议道,"艾姆法不过是个常规贸易星系。艾姆法三号行星甚至连D级检查点都算不上。"

安德鲁斯船长咧嘴微微一笑，"艾姆法星系有九颗行星，艾姆法三号行星只有一个卫星。刚好满足我们所有的要求。如今还有谁更了解地球？"他往旅客舱室瞟了一眼，"难不成她会更了解地球吗？"

"我明白了，"诺顿缓缓道，"我开始明白你的计划了。"

艾姆法三号行星在他们的下方无声地旋转着。这是一颗暗红色的球体，悬于虚空，笼罩在惨淡的云层下。远古海洋遗存的黏稠海水拍打着灼热干涸、千疮百孔的大地。饱受侵蚀的开裂峭壁萧瑟地朝天而立，平原上荒凉无物，人为造成的大坑洞如同疮口一样密密麻麻地布满了星球表面。

诺顿感到厌恶，脸扭成一团，"看看它。上面会有生物存活吗？"

安德鲁斯船长皱起眉头，"没想到它被破坏得这么厉害。"他走到机器人飞行员前，"星球上的某处应该有一个自动引力抓钩。我试试能不能联系上。"

"引力抓钩？你是说这片废土上有人居住？"

"有少数艾姆法人生活在这里，维持着没落的贸易殖民地。"安德鲁斯查询了卡片，"偶尔有商贸飞船稍作停留。自半人马-里拉战争以来，外界与这块区域的联系便少得可怜起来。"

廊道里突然响起脚步声。闪亮的机器人侍者和戈登太太出现在门口,走进了控制室。老太太满脸的激动,容光焕发,"船长!下面……下面是不是地球?"

安德鲁斯点点头,"是的。"

机器人侍者搀扶着戈登太太走到大型可视屏前。老太太的脸不住地抖动,种种情绪在她枯槁的五官上激荡,"我真不敢相信这真的是地球。看起来简直不可能。"

诺顿目光锐利地瞥了安德鲁斯船长一眼。

"这就是地球,"安德鲁斯没理会诺顿的眼色,言之凿凿地说,"卫星很快就该出现了。"

老太太没反应,转过身去。

安德鲁斯联系上自动引力抓钩,交由机器人飞行员操作。艾姆法三号星的引力束锁定了运输飞船,接管了控制权,飞船震动了一下,然后开始下降。

"我们要着陆了。"安德鲁斯碰了碰老太太的肩膀,对她说道。

"她听不见你,先生。"机器人侍者说。

安德鲁斯嘟囔了一声:"起码,她能看得见。"

在他们的下方,坑洼破烂的星球表面被迅速拉近。飞船穿过流云层,在一望无垠的荒芜平原上方滑翔。

"下面发生过什么?"诺顿问安德鲁斯,"是战争吗?"

"战争和采矿业。况且这颗行星也很老了。那些坑洞兴许是弹坑。那些沟壑有一部分是铲车挖掘出的。似乎他们已经耗尽了这里的资源。"

歪斜残破的群峰从他们下方一晃而过。他们飞到了一片广阔的古遗海附近。海水污秽如墨，冲刷着与垃圾结成一体的盐壳，海岸上铺陈着成堆的残石碎片。

"怎么是这个样子?"戈登太太忽然说。她的脸上掠过一丝疑色，"为什么?"

"你指的是什么?"安德鲁斯问。

"我不明白。"她犹疑不定地看着下方的地表，"不该是这个样子呀。地球是绿色的。绿色，生机勃勃，碧蓝的海水和……"她的声音不安地低了下去，"为什么?"

安德鲁斯抓过一张纸，写下一行字:

商业开采耗尽了地表的资源

戈登太太一个字一个字地看着，她的嘴唇在颤抖，干瘪瘦小的身躯突然一阵抽搐，"耗尽了……"她沮丧的声音陡然尖锐起来，"不该是这个样子! 我不要它这个样子!"

机器人侍者扶住了她的胳膊，"她最好稍作休息。我送她回舱室。等着陆之后，请知会我们一声。"

"好的。"安德鲁斯尴尬地点点头。机器人侍者领着老太太从可视屏幕前走开。她紧抓着引导扶手，扭曲的脸上充满了恐惧和迷茫。

"一定是哪里出了差错！"她号哭道，"为什么是这个样子？为什么……"

机器人侍者搀扶着她离开了控制室。随着液压安全门的关闭，她微弱的哭声戛然而止。

安德鲁斯松了口气，身体从紧绷状态解放出来。"老天。"他哆嗦着点燃了一支香烟，"好一通闹腾！"

"我们快要着陆了。"诺顿冷冷地说。

他们小心翼翼地走出船舱。寒风凛冽，空气的味道糟糕难闻——酸腐刺鼻，如同臭鸡蛋一样。狂风裹挟着盐屑和沙粒，吹打在他们的脸上。

前方数英里，有一片黏稠的大海。他们隐约能听见沉闷的浪涛声。几只鸟扇动着翅膀，悄无声息地从上方飞过。

"这鬼地方真压抑。"安德鲁斯低声抱怨道。

"没错。不知道那位老太太会怎么想。"

铮亮的机器人侍者扶着小老太太从活动舷梯上下来。她抓着机器人的金属臂膀，带着几分犹豫，颤巍巍地挪动。寒风抽打在她孱弱的身躯上,让她踉跄不稳——过了一会儿,她才再次迈动脚步,下了舷梯,到达地面。

诺顿摇着头,"她看起来情况不妙。空气质量这么恶劣,风又这么大。"

"我知道。"安德鲁斯走向戈登太太和机器人侍者。"她的身体怎么样?"他问。

"不太好,先生。"机器人侍者回答。

"船长。"老太太轻声道。

"什么事儿?"

"你必须告诉我实情。这里……这里真的是地球吗?"

她目不转睛地盯着他的嘴唇,惊骇中不禁提高了声音,"你发誓是这里吗? **你发誓?**"

"这里就是地球!"安德鲁斯懊恼地叫道,"我早就告诉过你。这里当然是地球。"

"这里看起来不像地球。"戈登夫人惊惶失措,似乎所有的希望都寄托于他接下来的回答,"这里看起来一点儿也不像地球,船长。这里真的是地球吗?"

"是的!"

她的目光飘向海洋。一抹异样的神色从她疲惫的脸上闪过,她暗无光泽的眼睛突然亮了起来,露出渴望的神情,"那里是水吗？我想去看看。"

安德鲁斯将头转向诺顿，"你把汽艇开出来。送她去想去的地方。"

诺顿生气地往后退了一步，"我？"

"这是命令。"

"遵命。"诺顿不情愿地返回飞船。安德鲁斯闷闷不乐地点燃了一支香烟，在原地静候。很快，汽艇从船舱悄然滑出，驶过覆盖盐屑的地面向他们开来。

"她想看哪里，就带她看哪里。"安德鲁斯对机器人侍者说，"诺顿会送你们过去。"

"谢谢你，先生。"机器人侍者说，"她会很感激的。能够来到地球是她一生的夙愿。她仍记得自己的祖父对她讲述的地球往事。她相信，在很久以前，她的祖父是来自地球的移民。她年事已高，是家族中硕果仅存的成员。"

"可是，地球只是一个传——"安德鲁斯抓住了机器人，"我是说——"

"我知道，先生。但她已经很老了。她已经为此等了很多年。"机器人侍者转向老太太，动作轻柔地搀着她走向汽艇。安德鲁斯摩挲着下巴，皱起眉头，面色阴郁地目送他们。

"可以啦。"诺顿的声音从汽艇里传出来。他拉开舱门，机器人侍者小心地扶着老太太上了汽艇。舱门在他们身后关闭。

片刻后,汽艇便行驶在盐滩上,向着浊浪翻腾、令人生厌的大海而去。

诺顿和安德鲁斯船长心神不宁,在海岸边走来走去。天色渐黑。大片的盐屑吹打在他们的身上。光线愈发昏暗,泥滩散发着恶臭;远方,群山静寂,隐没于云雾中。

"说下去。"安德鲁斯说,"接下来呢?"

"这就是全部了。她下了汽艇,她和机器人一起。我没下去。他们站着眺望海面。过了一会儿,老太太命令机器人回汽艇。"

"为什么?"

"我不知道。我猜,她想单独静静。她一个人在海岸边站了一段时间,出神地看着大海。后来,起风了。突然之间,她就像垮了一样,在盐滩上瘫倒成一团。"

"然后呢?"

"等我回过神来,机器人已经跳下汽艇,跑到她跟前。他抱起她,原地站了一会儿,然后走向了海水。我大喊着跳出汽艇。这时,他已被海水淹没,沉入淤泥和污物中,不见了踪影。消失了。"诺顿不寒而栗,"和她的尸体一起。"

安德鲁斯粗鲁地丢掉烟头,燃着红光的烟头滚落到他们身后,"还有其他情况吗?"

"没有了。一切在转瞬间就结束了。她正站在那里看着海面,突然浑身发起抖来——仿佛一根干枯的树枝。然后,她萎靡地瘫倒了。紧接着,机器人跳出了汽艇,和她一起沉入了大海,我都没反应过来发生了什么。"

天空几乎完全黑了下来。星光黯淡,一片片由夜晚污脏的水汽和垃圾微尘混杂而成的巨大云朵飘浮其间。一群大鸟无声地飞过地平线。

卫星从残破的群山后徐徐升起。映入眼帘的,是一颗荒凉病态的天体,微微泛黄,颜色与古羊皮纸有几分相似。

"我们回飞船,"安德鲁斯说,"我不喜欢这个地方。"

"我弄不明白,那位老太太怎么成了那样。"诺顿摇着头说。

"是风。风里带着放射性的毒素。我查询过半人马二号行星的图书馆。战争毁掉了整个星系,把这颗行星变成了致命的废墟。"

"这么说,我们不用——"

"不用。我们不必为此承担罪责。"他们沉默了一阵子,"我们也不必做出解释。事情是明摆着的。任何来这里的人,特别是高龄老人——"

"只是，没有人会来这里，"诺顿苦涩地说，"尤其是高龄老人。"

安德鲁斯没吭声。他双手揣在衣兜里，埋头往前走。诺顿安静地跟在他后面。他们上方，那轮孤独的卫星脱离了云雾的包围，升上了清澈的夜空，光芒大盛。

"对了，"诺顿冷淡疏远的声音在安德鲁斯身后响起，"这是我和你的最后一次航行。我之前在飞船里时，提交了一份正式请求，申请新的职位。"

"哦。"

"我想该给你提前打个招呼。我的那份活跃点，你可以自己留着。"

安德鲁斯的脸红了。他加快了脚步，将诺顿远远甩在后面。老太太的死让他心生震动。他点燃了一支香烟，随即又扔掉了。

见鬼——这可不是他的错。她三百五十岁，本来就很老了，又老又聋，就像一片凋零的落叶，被风儿带走了——被侵蚀和蹂躏行星破烂表面的暴虐毒风带走了。

破烂的行星表面，充斥着盐屑和碎石，耸立着残破坍塌的群山。还有寂静，永恒的死寂。除了风声和黏稠的海水冲刷海岸的声音，以及头顶飞过的黑色大鸟，万籁俱寂。

有亮光闪过。在他脚旁的盐屑里，有什么东西折射出苍白的光芒。

安德鲁斯弯下腰,在黑暗中摸索。他的手指碰到了一个坚硬的物件。他把小圆片捡起来,查看了一番。

"奇怪。"他说。

直到运输船进入太空深处,轰鸣着朝北落师门星返航时,他才记起了那个小圆片。

他从操控台前站起,翻找衣兜。

圆片磨损严重,非常薄,而且异常古老。安德鲁斯在上面吐了点口水,使劲揉搓。圆片表面慢慢变得干净可辨,现出了一圈浅浅的印痕——仅此而已。他将圆片翻了个面。这是一个信物? 一个垫片? 还是一枚硬币?

圆片的背面有几个意义不明的字母——某种被人遗忘的古老语言。他把圆片举到亮处,看清了全部的字母:

E PLURIBUS UNUM①

他耸了耸肩,把这个金属老物件丢进了身边的垃圾处理装置,然后将注意力转向星图,返航……

（肖钰泉 译）

---

① 拉丁文,意为"合众为一",是美国国徽上的格言之一,出现在美国国徽和美国银币上。

第四梦

孤悬的陌生人

THE HANGING STANGER

【导读】

剧集:《杀死所有其他人》　　原作:《孤悬的陌生人》

导演 / 编剧:迪·里斯

"回家。带着他们已死的头脑回家。"

正是这句话在行文荒谬的《孤悬的陌生人》中让我眼前一亮,也正是这句不同寻常的绝妙文字,吸引我改编这篇小说。埃德·洛伊斯带领我们穿越了一个集体无意识的梦魇世界,他是神智混乱的世界里最后一个"清醒"的人,但具有讽刺意味的是,他反倒始终觉得自己才是那个疯了的人。在小说中,恐怖发生在光天化日之下,怪物藏身于众目睽睽之中。在小说中,鬼怪是不折不扣,看得见摸得着的——是一具悬于广场的尸体。总而言之,菲利普·迪克的故事证明了,现实中的"鬼怪"可能会更黑暗、更阴险,它可能是几句言语、某种态度,或一个想法。而忽视才是真正具有摧毁性的外星能力……"回家。带着他们已死的头脑回家。"

随着埃德·洛伊斯越来越质疑自己的判断,作为读者,我们也开始质疑埃德作为目击者的可信度。他是否真的看见了他看到的事物?他是否对某件能轻易解释清楚的事情反应过度?也许情况并没有看起来那么糟糕。偏执和妄想让埃德重新检视自己,也使得整个故事最终落回埃德身上。而越读到结尾,我们才越会隐约地意识到自己忽略了什么。

当今社会,我们依赖权威学者、分析师和各种形式的社交媒体,来决定我们该如何反应,该如何感觉,该如何思考。自满和冷漠这一对病毒,已经进入了我们的心灵,让我们麻木不仁。入侵我们思想的"外星势力"恰恰是我们自己制造的。

将这篇小说改写为《杀死所有其他人》的剧本时,正值2016年如火如荼的美国总统大选期间。当时众人盲目一致地呼吁沙文主义——很多危险的思想被公然喊出,被大肆宣讲,并借机壮大。针对"写实主义"和夸张手法,针对言论自由,针对民族主义,都爆发过很多争论。但他们说,其实这些都没发生过。他们说,眼见并非为真。他们说,耳听并非为实。总而言之,很多争论我们都记错了。我们没有看见。

广场上悬挂着一具尸体。

迪·里斯(Dee Rees),美国电影剧作家、导演,曾执导故事片《贱民》《蓝调女王》和《泥土之界》(该片于2017年在圣丹斯电影节被网飞Netflix选中签约)。

(肖钰泉　译)

孤悬的陌生人

下午五点钟，埃德·洛伊斯洗漱完毕，戴上帽子，套上外衣，开车去位于小镇另一头的他的电视机店。他很累，腰酸背痛。因为之前他在地下室挖土，又用小推车把土倒进后院。但是对一个四十岁的男人来说，他的情况还算不错了。詹尼特可以用省下来的钱买个新花瓶，他也很享受自己整修地面带来的满足感。

天快要黑了。夕阳的余晖照着那些走在回家路上、脚步匆匆的上班族。人们阴沉的脸上都是疲惫之色。女人们大包小包地拎着东西，大学生们也纷纷拥出校园回家，跟小职员、生意人和衣着古板的秘书们走在一起。他停下自己的帕卡德①老爷车等红灯，然后再次发动车子。他不在的时候，店铺也在正常营

①一度处在业内尖端的美国豪华车品牌。生产公司成立于1898年，20世纪60年代初彻底停产。

业。估计等他赶到，正好可以替换一部分员工，让他们去吃晚饭。他要看看今天的销售单据，也许还能亲自做成几桩生意。他缓缓驶过街道中央的那一小块绿地，那儿是城市公园。洛伊斯电视销售服务中心的门口已经没有停车位了。他低声咒骂，调转车头。当他再次经过那小片绿地时，看到里面有一台孤零零的喷泉式饮水器、一张长椅和一根灯柱。

路灯柱上吊着个什么东西，黑乎乎的一捆，在风中微微摇摆。看不出具体形貌，但像是假人模型。洛伊斯摇下车窗，向车外看去。这到底是什么东西？是什么特别的展示品吗？有时候，商会的确会在广场里挂些展品之类的东西。

他再次掉头，驶回绿地。他到了公园边，仔细查看那一捆东西。它不是假人模型，也不是平常见的展品。他紧张地咽了下口水，颈后寒毛直竖。汗珠从脸上和手上滑落下来。

那是一具尸体。人类的尸体。

"你们看它！"洛伊斯大喊道，"快出来看！"

唐·弗格森慢慢走出店门，从容地扣上细条纹外套的纽扣，"这可是个大单子，埃德。我不能把客户晾在那里，让人傻站着。"

"看到那个没有？"埃德指向渐浓的暮色里，"就那个东西。这他妈都挂了多久了？"因为激动，他的嗓门更大了，"这些人都怎么了？人人都视而不见！"

唐·弗格森慢悠悠地点燃一支香烟，"别激动，老伙计。这事儿肯定有合理的解释，要不然它也不会出现在那里。"

"解释！会是什么样的解释？"

弗格森耸耸肩，"估计跟上次交通安全局把别克车残骸挂在这里差不多，某种治安方面的原因。我怎么会知道？"

开鞋店的杰克·波特也加入了他们的谈话，"出啥事了，伙计们？"

"灯柱上挂着一具尸体。"洛伊斯说，"我要报警。"

"他们肯定知道这件事。"波特说，"要不，那东西也不会出现在那儿。"

"我该回店里去了。"弗格森向店里走去，"生意可比玩乐重要。"

洛伊斯开始变得歇斯底里，"你看到那东西了，对吧？清清楚楚地看到它挂在那里了吧？那是人的尸体！一个死人！"

"是啊，埃德。我今儿下午出去喝咖啡的时候就看到了。"

"你是说，它一整个下午都在那儿挂着？"

"是啊。这有什么不对吗？"波特看了下手表，"我有事先走了。回头见，埃德。"

波特匆匆离开，汇入了人行道上的人流中。众多的男女行人经过公园。有几个人抬起头,好奇地打量那捆黑乎乎的东西——然后继续赶路。没有人停步,没有人在意。

"我要疯了。"洛伊斯小声说。他从车流中穿过马路,向花园边缘走去。有几个人生气地向他猛按喇叭。他抵达了花园边缘,跨入那一小片绿地。

死者是个中年人。他身上的灰色外套已经被撕扯得破破烂烂,其上布满了干掉的泥浆。这是个陌生人。洛伊斯以前从没有见过他。他不是本地人。他的脸本来朝向另外一侧。夜风吹过,他微微晃动了一下,然后无声地、缓缓地转过脸来。他的皮肤上满是戳伤和割伤,血液凝固在血红的伤口和深深的割痕上。一副钢框眼镜挂在他一侧的耳朵上,可笑地摇摆着。他两眼突出,嘴巴张开,肿大的舌头泛着可怖的青色。

"我的天……"洛伊斯嘟囔着,觉得很恶心。他强忍着没吐出来,走回人行道。他全身颤抖,一半出于反感,一半出于恐惧。

为什么?这个人是谁?他为什么被吊在这里?出于什么样的目的?

还有……为什么其他人都不在乎?

他在人行道撞到了一个身形矮小的赶路的人。"看着点儿!"那人气愤地喊道,"哦,是你啊,埃德。"

埃德恍惚地点头,"你好,詹金斯。"

"出什么事儿了?"文具店的店员扶住埃德的胳膊,"你看上去不太舒服。"

"因为那具尸体。公园里那个。"

"是啊,埃德。"詹金斯把他扶到洛伊斯电视销售服务中心的门口,"别太在意了。"

珠宝店的玛格丽特·亨德森过来问道:"出什么事了吗?"

"埃德有点儿不舒服。"

洛伊斯挣脱詹金斯的手,"你们怎么能站在这里无动于衷?难道你们看不见? 上帝啊——"

"他在说什么?"玛格丽特紧张地问。

"尸体!"埃德喊了起来,"挂在那边的那具尸体!"

更多的人围拢过来,"他是不是病了? 是埃德·洛伊斯。你没事儿吧,埃德?"

"尸体!"洛伊斯尖叫起来。挣扎着想要挤过人群。有很多只手想要拉住他,但都被他摆脱了。"让我过去! 找警察! 报警!"

"埃德——"

"还是找位大夫来吧!"

"他一定病了。"

"或者是喝高了。"

洛伊斯在人群的包围下挣扎着。他绊了一下,险些摔倒。他透过模糊的视线,看到一排排的人脸,有人好奇,有人担心,有人着急。男女行人纷纷止步,想知道是什么引起了混乱。他吃力地挤过这些人,向自己的店面靠拢。他能看到弗格森正在店里跟一个男人交谈,向他介绍一款爱默生牌的电视机。彼得·福利在服务台后面,忙着组装一台菲尔柯牌的新机子。洛伊斯疯狂地向他们喊叫,但他的声音却被周围车辆的喧嚣声和人们交头接耳的声音吞没。

"做点儿什么!"他尖叫,"别傻站在那里! 做点儿什么! 这外边出事了! 出事儿了! 出大事儿了!"

两位大块头的警官出现了。人群敬畏地分散开来,让他们能尽快赶到洛伊斯身边。

"姓名?"拿笔记本的警察咕哝着问。

"洛伊斯。"他疲倦地抹了一把额头上的汗水,"爱德华·C.洛伊斯。请听我说,外面那里——"

"家庭住址?"警察继续问。警车敏捷地在车流里穿行,快速地绕过小汽车和大巴车。洛伊斯瘫软在座位上,又累又迷茫。他颤抖着深吸一口气。

"赫斯特路1368号。"

"这地方在我们派克维尔镇吗?"

"在。"洛伊斯费了很大力气打起精神,"听我说,在刚才那个小广场里,灯柱上挂着——"

"你今天去过哪些地方?"开车的警察问。

"哪些地方?"洛伊斯疑惑地重复了一下对方的问题。

"你白天都不在自己店里,对吧?"

"的确不在。"他摇摇头,"嗯,我在家。一直在地下室。"

"你在……地下室?"

"我在挖土,想重铺一下地面。现在把土挖掉一些,回头就可以铺上水泥。为什么问这个? 这跟我说的有——"

"有没有其他人跟你在一起?"

"没有。我妻子进城去了,孩子们在学校上学。"洛伊斯来回打量这两名强壮的警察。他似乎抓住了救命稻草,脸上闪现出期待的神色。"两位的意思是说,因为我在地下室,所以错过了……解释? 我没有听到这件事的前因后果? 而其他人早就知道了?"

沉默了片刻之后,拿笔记本的警察说:"你说得对。你是没有听到解释。"

"那么这就是官方行为? 那具尸体——它是故意被挂在那里的?"

"它故意被挂在那里，好让每个人都能看到。"

埃德·洛伊斯虚弱地笑了，"上帝啊。我想，是自己太大惊小怪了。我以为发生什么大事了呢。你知道，就像是3K党①之流制造了暴力事件，又或者是其他极端分子暴动。"他掏出胸前衣兜里的手绢，擦擦脸，双手颤抖着，"现在知道一切正常，我很高兴。"

"完全正常。"警车离司法大楼②越来越近了。太阳已经落山，路灯尚未亮起，街道阴沉幽暗。

"现在我感觉好多了。"洛伊斯说，"之前那会儿，我确实过激了。我想自己打扰到了大家的安宁。既然全都已经弄明白了，那么两位就不用拘捕我了，对吧？"

俩警察没理他。

"我应该回自己店里去。伙计们还没吃晚饭呢。我现在全好了，不会再给任何人带来麻烦。是不是就没有必要——"

"这边用不了多长时间。"开车的警察打断了他，"履行一个简短的例行手续，几分钟就完。"

"如果很快就能结束，那最好了。"洛伊斯嘟囔着。汽车停下

————————————

① 三K党(Ku Klux Klan，缩写为K.K.K.)，是美国历史上和现在的一个奉行白人至上和歧视有色族裔运动的民间排外团体，也是美国种族主义的代表性组织。

② 在美国，一个城市的警察总局也被称为司法大楼。法院和拘留所通常也坐落在同一个位置。

来等红灯。"我想,我还是扰乱了正常的秩序。挺滑稽的,我居然那么激动,还……"

突然,洛伊斯一把拽开车门,四肢并用地爬出车厢,在街上滚了一圈才站起来。绿灯亮起,他周围的汽车都开动起来。洛伊斯跳上人行道,在人群中快速奔跑,专挑人多的地方钻。从他的背后传来抱怨声,还有人奔跑的脚步声。

他从一开始就知道,那两个人不是真的警察。派克维尔镇所有的警察他都认识。在这个小镇中,他开店做生意已经二十五年了,怎么可能认不全所有的警察?

那两个人不是警察,但洛伊斯也不清楚他们的身份。波特、弗格森、詹金斯,他们都不知道尸体为什么会出现在那里。他们不知道,但也不关心。这才是最诡异的部分。

洛伊斯躲进一家五金店。他向店的深处跑去,经过错愕的店员和顾客,闯进储藏室,从后门出去。他被一个垃圾桶绊了一下,接着一步跨上水泥台阶。他翻过一道栅栏。落地之后,大口地喘着气。

身后再没有声音传来,他成功脱身了。

他身处一条幽深小巷的入口,里面散落着一些木板、废弃的板条箱和轮胎之类。他可以看到小巷尽头的那条街道。街头华灯初上,灯光摇曳。街上有男女行人、商店、霓虹标志牌,车辆川流不息。

而在他的右手边,则是警察总局。

他离那里很近,近到可怕。跨过旁边杂货店的装货平台,就是司法大楼的白色水泥墙。那儿有装着铁条的窗户、警用天线和矗立在黑暗中的巨大的水泥墙。他不应该接近这地方。他离它们太近了,必须继续逃跑,远离它们。

可它们……又是谁?

洛伊斯小心翼翼地穿过小巷。走过警察局,就是市政厅——一座传统的木质结构建筑,漆着黄色,点缀着黄铜装饰,有宽大的水泥台阶。他能看到无数排办公室的漆黑窗户,还有入口两边的雪松木和花坛。

还有——另外的东西。

市政厅上空悬着一片乌压压的影子,呈圆锥体状,显得比夜色还要深沉。它那黑色的顶端向四周蔓延,最终消失在天空中。

他侧耳倾听。上帝啊,他听到一些声音。他恨不得捂住耳朵,封闭知觉,让自己再也听不到那声音。那是一种嗡嗡声。一个遥远又低沉的声响,像是来自一大群蜜蜂。

洛伊斯抬头看去,顿时被吓得浑身僵硬。那片黑影笼罩了整个市政厅。那黑色如此浓郁,几乎凝成固态。在那黑暗的旋涡中,有东西在动。那是些闪烁的身影。这些从天而降的东西,集结成密密麻麻的一群,在政厅上空略作停留,在空中飞舞一阵,然后无声地降落在房顶上。

这些身影,从天空盘旋而下的身影,从黑暗的天空中张开的裂缝里飞来的身影。

他看到了……它们。

被压弯的栅栏围绕着漂满浮沫的池塘,洛伊斯蜷缩在里面,观察了很久。

它们在降落。它们成群结队地降落在市政厅的房顶上,然后消失在建筑物内部。它们有翅膀,样子像某种巨型昆虫。它们飞翔,悬停,落下休息。然后像螃蟹一样,侧着爬过房顶,进入那座楼房。

他感觉很恶心,同时又被这场景吸引。冰冷的夜风拂过他,他打了个寒噤。他很疲惫,大脑因为震惊一片空白。市政厅前的台阶上,三三两两地站着一些人。时不时还会有一群人从房子里面走出来,略作停留,然后离开。

它们还有同伙吗?

看似不太可能的样子。他看到的那些从黑暗的裂缝中飞下来的东西根本就不是人类。它们是外星人,来自另外一颗星球,另外一个维度。这个宇宙的外壳裂开了一道缝,它们就从中潜人。来自另外一个有生命的空间中的有翼生物,就从那道裂缝进入了我们的世界。

市政厅的台阶上,一群人分散开来。其中几个走向一辆等待着的汽车。留下的身影中有一个转身想返回市政厅,但后来却改变了主意,跟随其他人一起离去。

洛伊斯惊恐地闭上了眼睛,感到天旋地转。他拼命抓住那道弯折的栅栏。那身影,明明像人的那一个,突然就张开了翅膀,追随其他异类一起飞速离去。他飞到人行道上,然后降落在人群里。

它们是伪人,人类的模仿者,是能假扮成人类的昆虫。就像地球上常见的其他昆虫一样。它们有保护色,能拟态伪装①。

洛伊斯勉强振作起来,慢慢站起身。夜已深,小巷里一片漆黑,但或许那些怪物能在黑暗中视物。或许对它们来说,黑暗不会带来任何不便。

他小心地离开巷子,来到大街上。现在还有男女行人经过,但不再像之前那么多。公交车站有些人在等车。一辆巨大的巴士懒洋洋地沿街驶来,车灯在夜色中闪耀。

洛伊斯紧走几步,穿过等待的人群。巴士一停,他立马上了车,坐在后排座位上,靠近后门。片刻之后,大巴再次启动,发动

---

① 指一个物种在进化过程中,获得与另一种成功物种相似的外表,以欺骗捕猎者远离拟态物种,或者是引诱猎物靠近拟态物种。

机轰鸣着行驶在大街上。

洛伊斯放松了一点儿，开始打量周围的人们，打量着呆板又疲惫的脸孔。下班后赶着回家的人，样貌都很普通。没有一个人留意他。所有人都安静地瘫坐在椅子上，身体随着车子左右晃动。

坐在他身边的那个人打开一份报纸。他开始阅读体育版，嘴唇微微动着。这也是个普通人。他穿着蓝西装，打着领带。是个商人，或者是推销员。正在回家的路上，回到妻子和家人的身边。

过道对面是个年轻女子，大约二十岁。黑眼睛，黑头发，膝盖上放着包。穿着尼龙袜、高跟鞋，红色外套里面是白色羊毛衫。她心不在焉地盯着前方。

还有个高中男孩，身穿牛仔裤和黑色外套。

一个有三层下巴的胖妇人，带了一个大购物袋，里面装满大小包裹。她肥硕的脸上满是疲惫。

普通人，就是每天傍晚都会坐公交车回家的那类人。回家去陪伴家人，吃晚饭。

回家。带着他们已死的头脑回家。他们被控制，变成了外星人的伪装。那些家伙一到，就控制了这些普通人，夺走了他们的小城、他们的生活。他自己本来也会被控制，但他碰巧没去商店,而是待在远离地面的地下室。出于某种原因,他就被忽略了。那些家伙错过了他。它们没能彻底控制局势,做到万无一失。

也许还有其他逃过一劫的人。

洛伊斯的心里燃起希望之火。它们并非无所不能。它们已经犯下一个错误,没能控制自己。他没有被它们掌控。他从地下室出来时,还跟进去的时候一样。显然,它们能控制的范围有限。

过道旁,隔着几排座位的地方,有个男人在观察他。洛伊斯暂停思考。那是个瘦弱的男人,深色头发,留着小胡子,穿着很得体,棕色西装,擦得锃亮的皮鞋,一双小手中捧着一本书。他在观察洛伊斯,细细察看他的一举一动。突然,他移开视线。

洛伊斯紧张起来。这是它们中的一员吗?或者——是它们错过的另一个人?

那男人又在观察他。一双小小的黑眼睛充满活力和智慧,显得非常精明。因为他太过精明,所以躲开了它们的控制;或者它就是它们中的一员,一只来自太空的外星昆虫。

公交车停下来。一位老人慢腾腾地上了车,把钱币投进票箱。他沿着过道走来,坐在正对洛伊斯的座位上。

这位老者留意到了那个眼神锐利的男人的眼光。在一瞬之间,两人像是进行了某种交流。

　　一个含义丰富的眼神。

　　洛伊斯站了起来。公交车已经开动。他跑到后门，沿着下车的阶梯下了一级。他用力拉扯应急车门，门上的胶条被扯开了。

　　"嘿！"司机在怒吼，把车子刹住，"你他——"

　　洛伊斯已经挤出应急车门。公交车在减速。周围都是房子。这里是住宅区，有草地和高耸的公寓楼。在他身后，眼神锐利的男人已经跳起来，那老者也站了起来。他们正打算追赶他。

　　洛伊斯纵身一跳。他重重地摔在柏油路面上，滚到马路边。他浑身疼痛，视线也被黑暗吞没。他绝望地挣扎，勉强跪起来，却又再度滑倒。公交车已经停住。人们纷纷下车。

　　洛伊斯到处乱摸。他的手指握住了什么东西。是块石头，本来躺在排水沟里的石头。他爬起来，痛得连声呻吟。面前有个模糊的身影。一个男人，刚才拿着书的亮眼睛男人。

　　洛伊斯猛踢一脚。那人吸了口气，跌倒在地。洛伊斯抡起石头砸下去。那人连声尖叫，滚开了。"住手！看在上帝的份上，听我说……"

　　他又砸了一下。可怕的碎裂声。那人的说话声戛然而止，变成了含糊的呻吟。洛伊斯摇摇晃晃地站起来，向后退。其他人也已经赶到，全都围在他周围。他开始跑，动作非常笨拙，先是沿着人行道跑，然后又跑上一条车道。没有人追他。他们都停留在原处,弯腰看着一动不动的躯体。那个拿着书、跟着他下车的亮眼睛男人的躯体。

他是不是搞错了?

但现在担心这个已经太晚。他必须脱身,远离它们。离开派克维尔镇,离开那个黑暗的裂缝,离开连通着两个世界的缺口。

"埃德!"詹尼特·洛伊斯紧张地后退,"这到底是怎么回事?怎么……"

埃德·洛伊斯反手关上房门,进入客厅,"把百叶窗都关上。快点儿。"

詹尼特走向窗前,"但是……"

"照我说的做。除了你之外,家里还有谁?"

"没外人,只有咱家的双胞胎。他们都在楼上自己的房间里。出了什么事?你看起来很奇怪。你怎么回家来了?"

埃德锁上前门。他在房子中搜寻,然后进了厨房。从洗碗池下面的抽屉里拿出一把大剔肉刀,用手指试了下刀刃是否锋利。刀够快。他回到客厅。

"听我说。"他说,"我没有多少时间。它们知道我逃了,一定会来找我。"

"逃?"詹尼特的脸因惊恐而扭曲,"谁会找你?"

"整个小镇都已经被占领。它们已经掌权。我已经完全明白了真相。它们从上层开始动手,从市政厅和警察局开始。它们对付真正的人类的做法是——"

"你到底在说些什么?"

"我们遭到了入侵。敌人来自另外一个宇宙,另外一个维度。它们是昆虫,能够拟态伪装。它们还有更多的技能,能够控制意识,你的意识。"

"我的意识?"

"它们的入口就在这里,在派克维尔。它们已经控制了你们所有人。整个小城,只有我是例外。我们面对的是极为强大的敌人。但它们的能力也是有限的,这就是我们的希望所在。它们并非无所不能! 它们也会犯错!"

詹尼特摇摇头,"我听不懂,埃德。你一定是疯了。"

"疯了? 不,只是运气好而已。如果我不是碰巧待在地下室,早就跟你们一样了。"洛伊斯向窗外窥视,"但我不能傻站在这儿聊天。穿上你的外套。"

"我的外套?"

"我们要离开这里,离开派克维尔。我们必须去寻求支援,对抗那群怪物。它们能被打败。它们并非从不犯错。时间不多了,但如果动作快点儿,或许我们还有机会逃脱。快!"他粗暴地抓住妻子的胳膊,"拿上你的外套,叫上双胞胎。我们马上就走。不要准备行李,没时间管这个了。"

他的妻子脸色煞白,走到衣柜那里,取出她的外套,"我们要去哪儿呢?"

埃德拽出桌子的抽屉,任由里面的东西掉得满地都是。他抓起一幅公路地图,将其展开,"它们会封锁全部主干道,这是一定的。但还有一条偏僻的路,通往橡林镇①。我走过一次。那条道几乎没有人走。也许它们会忽略它。"

"老牧场路?上帝啊!它早就被封了。没人能在那条路上开车。"

"我知道。"埃德沉着脸,把地图塞进上衣口袋,"这是我们绝佳的逃生机会。现在把双胞胎叫下来,我们马上出发。你的汽车加满汽油了,对吧?"

詹尼特一片茫然。

"那辆雪弗兰吗?我昨天下午加满了油。"詹尼特走向楼梯口,"埃德,我——"

"叫双胞胎下来!"埃德打开前门的锁,向外窥探。没动静。没有任何生命活动的迹象。迄今一切顺利。

"你们都下楼来吧。"詹尼特用颤抖的声音喊,"我们要……离

---

① 即美国小镇奥克格罗夫。

开家一段时间。"

"现在吗?"汤米的声音传来。

"快点儿。"埃德凶巴巴地说,"你们两个,都马上给我下来。"

汤米出现在楼梯顶端,"我还在做作业。我们刚开始学分数。帕克小姐说,要是我们不做完作业的话……"

"你可以忘掉分数了。"埃德抓住刚走下楼梯的儿子,推着他走向门口,"吉姆在哪儿?"

"他马上就来。"

吉姆慢腾腾地开始下楼,"出什么事了,爸爸?"

"我们要出门兜风。"

"兜风? 去哪儿?"

埃德转向詹尼特,"把灯都留着。还有电视机,去把它打开。"他把妻子推向电视机,"让它们以为我们还在……"

他听到了嗡嗡声。他马上半蹲下来,亮出了长长的尖刀。他惊恐地看着那东西沿着楼梯向他扑来。它调整方向,翅膀扇动成了模糊的一团。它的样子仍旧有点像吉姆。它很小,是个幼虫。那东西用那冷漠的、非人类的复眼,剜了他一眼。那东西虽然有翅膀,但身上还穿着黄色T恤衫和牛仔裤,仍然留有人类小孩的轮廓。靠近他时,它的身体在空中转了半个圈。它想干吗?

一根刺针。

洛伊斯猛戳它。它退开,疯狂地嗡嗡叫。洛伊斯连滚带爬地逃向门口。汤米和詹尼特都像雕像一样站在原处一动不动,面无表情,无动于衷地旁观。洛伊斯刺向它。这次刀命中了目标。那东西惨叫一声,坠落下来。它撞到了墙,拍打着翅膀落了下来。

某种东西入侵了他的意识。那是一股力量,一股能量。外星人的意念探入了他的身体。他突然动弹不得,那意念侵入他的大脑,短暂地压制住了他,令他震惊不已。先是一种极为陌生的存在笼罩了他,然后,当那怪虫瘫倒在地毯上时,那意念的力量也突然消失了。

它已经死了。他用脚将其翻转过来。它是一只昆虫,像是某种苍蝇。黄T恤,牛仔裤。他的儿子吉姆⋯⋯他尽力控制自己的思绪。现在想这些都太晚了。他粗鲁地捡起刀子,走向门口。詹尼特和汤米都像石头一样留在原地,一动不动。

汽车就不用考虑了。他不可能逃过车里的埋伏。它们一定会在车里等他。现在只能徒步走完十英里。这十英里是一场艰难的跋涉,要经过溪谷、旷野和遍布杂树的荒山。他只能一个人走。

洛伊斯打开门。他快速地回头,看了一眼自己的妻子和儿子。然后他摔上门,跑下门廊的台阶。

没过一会儿,他已经在路上了。他快速地在黑暗中穿行,向城镇边缘进发。

清晨阳光眩目。洛伊斯停下来喘口气,身体前后摇晃。汗水流进他的眼睛里面。他的衣服已经被扯破了,被沿途爬过的荆棘丛扯成了一条条。他手脚并用,连滚带爬地连夜奔逃了十英里。他的鞋上糊满了泥巴。他浑身都是划痕,一瘸一拐,筋疲力尽。

但橡林镇已经在他面前。

他深吸一口气,开始下山。沿途他两次跌倒,又站起来,蹒跚着前进。耳鸣声一直不断。身边的景象向后退去,模糊了他的视线。但他还是到达了目的地。他已经逃脱,远离了派克维尔镇。

田里有一名农夫盯着他。一座房子前有个年轻女子也惊异地打量他。洛伊斯到了公路上,开始沿路前行。他前面有一座加油站和一间汽车餐馆。几辆卡车停在路边。几只鸡在土堆里刨食,一条狗被拴在绳子上。

他艰难地走向加油站,穿白衣的加油站服务员狐疑地看着他。"谢天谢地。"他扶住一堵墙说,"我都没料到自己能成功。它们跟了我大半路。我一直都能听到它们的嗡嗡声。它们嗡嗡叫着，在我身后飞。"

"发生了什么事？"服务员问，"你碰上车祸了？还是被绑架了？"

洛伊斯疲惫地摇头，"它们占领了整个城镇，包括市政厅和警察局。它们还把一具尸体悬挂在灯柱上，那是我发现的第一个反常现象。它们封锁了所有道路。我看见它们悬停在进城的车辆上空。今天凌晨大约四点的时候，我逃出了它们的控制范围。我立马就知道自己已经脱身了，我感觉到它们渐渐远离我。然后太阳就出来了。"

服务员紧张地舔舔嘴唇，"你疯了。我最好找个大夫来。"

"让我进入橡林镇。"洛伊斯喘着粗气，倒在了砾石地面上，"我们必须开始动手，把它们清除出去。必须马上开始动手。"

那些人用录音机一字不漏地录下了他说的话。等到他说完，那名警官关闭录音机，站了起来。他站了一会儿，沉思着。最后拿出香烟，慢慢地点着了一根，满是横肉的脸很严肃。

"你不相信我。"洛伊斯说。

那位警官递给他一根烟。洛伊斯不耐烦地推开，"随你便。"警官走到窗前站了一会儿，看向窗外的橡林镇。"我相信你。"他很突兀地说。

洛伊斯长出一口气，"感谢上帝。"

"这么说你逃过一劫。"警官摇摇头说，"你没去上班，而是待在自家地下室里。这也太幸运了吧，简直只有百万分之一的概率。"

洛伊斯呷了几口他们给他的黑咖啡。"我有个推断。"他嘟囔着。

"关于什么？"

"关于它们，它们的身份。它们每次控制一个地区，都会从上层机构开始，然后以这个地区为中心，不断扩大自己的圈子。等它们站稳脚跟，就向下一个城镇扩张。它们扩张的速度很慢，稳扎稳打。我觉得，这个过程一定持续很久了。"

"很久？"

"几千年。我不认为这是才发生的事儿。"

"你为什么这么说？"

"当我还是小孩子的时候……在圣经联盟①，他们给我们看过一幅画。一幅宗教画，是早期的印刷品。画的是被吾主耶和华打败的异教诸神——摩洛②、别西卜③、摩押④、巴力⑤、亚斯他

① 基督教组织。

② 古代迦南人所拜祭的神明。

③ 腓尼基人的神。

④ 摩押人的祖先，是亚伯拉罕的内甥罗得与大女儿乱伦所生的儿子。

⑤ 巴力是迦南宗教里东地中海沿岸来范特地区西北闪族城市之男保护神的头衔。

录①……"

"然后呢?"

"它们都有自己的形象。"洛伊斯抬头看那名警官,"别西卜的形象就是……一只巨大的苍蝇。"

警官咕哝了一句:"一场旷日持久的战斗。"

"它们早就被击败过。《圣经》就是它们失败的证明。它们曾经取得过一些战果,但最终还是被击败了。"

"为什么被击败了呢?"

"因为它们无法控制所有人。这次就没能控制我。它们从未控制住希伯来人。希伯来人把信息传递给了全世界,使人们意识到了危险。公交车上的那两个人,我觉得他们是知道的,他们像我一样,逃脱了魔掌。"他握紧双拳,"我杀死了其中一个。我犯了错。我只是不敢多冒一丝风险。"

那警官点点头,"是的,他们肯定也是逃脱了控制的人,就跟你一样。非常侥幸。但镇上的其他人都已经被牢牢控制。"他从窗前回过头来,"好了,洛伊斯先生。你好像把一切都想明白了。"

"并没有明白一切。那个被吊着的人,被悬挂在灯柱上的死人。这是我不明白的地方。为什么? 为什么它们要故意把他挂

①腓尼基人的丰饶神之一,亦是爱神,是巴力神的妹妹和妻子。

在那么显眼的地方呢?"

"这原因看起来很明显啊。"警官难以觉察地笑笑,"诱饵。"

洛伊斯的身体僵住了,他的心脏像是停止了跳动,"诱饵?你什么意思?"

"为了把你们引出来,让你们自己暴露身份。这样它们就会知道哪些人被控制了、哪些人逃脱了。"

洛伊斯被吓得瑟缩了一下,"那就是说,它们早就料到会有失手的情况!它们预料到……"他突然停顿了,又接着说,"它们早有准备,设下了陷阱。"

"你暴露了自己。你反应激烈,也就让它们知道了你的状况。"警官突然走向门口,"跟我来,洛伊斯。我们还有很多事要做。我们得赶紧行动,时间紧迫啊。"

洛伊斯神情木然,慢慢地站起来,"还有那个人。他到底是谁?我从来没有见过他。他不是本地人。他是个陌生人,浑身都是泥浆和灰土。他的脸被割伤……"

警官的表情很奇怪,他细声细气地回答说:"也许这个谜团你也能自己解开。跟我来吧,洛伊斯先生。"他扶着门,眼睛里闪过一道光。洛伊斯瞥见了警察局门口的街道。那儿有好多警察,然后是一座平台,平台上有一根电话线杆,上面挂着一根绳子!

"这边请。"那名警官冷笑着说。

太阳落山时,橡林镇商业银行的副总裁从地下金库出来,关上沉重的定时锁①,戴上帽子,披上外衣,快步出门,到了外面的人行道上。外面只有几个人,都赶着回家吃晚饭。

"晚安。"门卫一边说,一边在他身后锁上银行大门。

"晚安。"克拉伦斯·梅森小声地回应。他沿着街道走向自己的汽车。他感觉非常累,一整天都在地下金库里摆弄保险箱,看看能不能挪出点空间,多放一层箱子。终于收工了,他觉得很高兴。

他在转角处停了下来。这时街灯还没亮。昏暗的街道上,一切都显得模模糊糊的。他四下看看,然后愣住了。

警察局前面的电话线杆上,悬挂着一大捆东西,看不出形状。被风一吹,微微晃动。

这是什么鬼东西?

梅森小心翼翼地接近。他又累又饿,想回家。他想到了自己的妻子和孩子们,还有晚餐桌上热乎乎的饭菜。但那形状怪异的黑乎乎的东西散发着不祥的气息,让他想一探究竟。

光线很差,他看不出那是什么,但它还是吸引他不断靠近。

---

① 银行金库常用的一种保险装置,不到固定时间,锁不会打开。

他想要看个清楚。那模糊的轮廓让他感到心惊肉跳。他害怕那件东西，害怕，又被它吸引。

奇怪的是，其他人好像都没有察觉到它的存在。

（郝秀玉　译）

第五梦
行销有道
SALES PITCH

【导读】

剧集:《疯狂的钻石》　　　　**原作:《行销有道》**

编剧:托尼·格里索尼

　　几年前,我在研究菲利普·迪克的生平时,偶遇了一只绿色的小青蛙。它一动不动地蹲坐在淋浴喷头上。每天早晨,它都待在相同的位置。我挺担心的,生怕它跳下来,落在我身上——光想想两栖动物那又湿又凉的身体就让我瘆得慌!——但它一动不动,连续三天。到了第三天,我凑近打量它的脸,正想着这脸与PKD有几分神似,它突然第一次动了,转过绿色的脑袋,直勾勾地看向我。于是我知道,该回家了。

　　1954年,菲利普·迪克创作了《行销有道》,并将其投给了《未来科幻小说》(Future Science Fiction)杂志。这部短篇小说描述了艾德和萨莉停滞不前的生活。艾德每日往返木卫三和地球之间的通勤之旅单调而沉闷,饱受侵入式广告的烦扰。这与21世纪许多上班族的经历相去不远——现今,猖獗的消费主义和无孔不入的监测,入侵了我们大部分的私人空间。艾德梦想着搬到比邻星的新世界重新开始——这纯属逃避现实的白日梦。与此同时,艾德的妻子,萨莉,向法斯拉德——一种能解决屋主所有问题的机器佣人——敞开了大门。随着法斯拉德咄咄逼人地试图售卖自己,原本幽默的调侃(若一定要形容的话)急转直下,变成了一场彻头彻尾的闹剧。这位擅自闯入的机器人竟然恐吓夫妻俩,之后,为了驱逐法斯拉德,艾德带着它踏上了前往比邻星的毁灭之旅。

原作受到了二十世纪五十年代兴起的消费主义的强烈影响,但这对被消费市场压垮的夫妇身上的确有令人同情之处。艾德和萨莉,信任他人,性格坚韧,乐观向上,他们所求不多,却只能从事繁重无聊的工作,成为经济的奴隶。因此,当我不受限制地改编剧本时,我依然将艾德和萨莉作为主角,并参照菲利普·迪克其他小说中的夫妻,对他们和他们的夫妻关系进一步挖掘。艾德依旧是梦想家——虽然现在是一位心怀幻想的七大洋水手;而萨莉,尽管很显然是位平凡普通、信奉质朴生活的女士,但内心却隐藏着黑暗的冒险欲望。夫妻俩住在郊外,被迫无休止地听爱护环境的劝诫,而面对环境恶化,他们其实无能为力

——所有影响他们的决策都是由某个远离他们生活环境的人或机构做出的。

受菲利普·迪克故事主题的引导,在我的版本里,闯入者变成了一位蛇蝎美人。艾德被她吸引,沦陷了。理所当然,这位美人的阴谋诡计最终让我们所有人都大吃一惊,而萨莉也不例外。至于艾德,当他摆脱所拥有的一切之时,也同样令人大跌眼镜。所以,从很多方面来讲,故事回归到了最初的主题——消费主义。PKD在1978年吐露了对原作的担忧:"我真心鄙视原来这个结局。所以当你读这篇小说时,请试着把它想象成本应该写成的那副样子。法斯拉德说:'先生,我是来帮助你的。让我的营销策略见鬼去吧。我们永远并肩作战。'"因此,我希望菲利普能赞同剧中的新结尾:人类和人造人真的永远(或者至少在可预见的未来)结合在了一起,而我则再也无须担心淋浴时会有一只绿色的小青蛙跳到身上。

托尼·格里森尼

斯托克纽因顿,伦敦

2017年5月17日

托尼·格里森尼(Tony Grisoni),剧作家、导演,曾撰写过《恐惧拉斯维加斯》《血色侦程三部曲》《南克利夫》和《尘世之间》的剧本。目前,他正在将柴纳·米耶维的小说《城与城》^①改编为剧本,该剧将由BBC制作成电视连续剧。

（肖钰泉　译）

---

① 此剧集已于2018年在英国上映。

行销有道

通勤飞船从四面八方呼啸而过,埃德·莫里斯在办公室煎熬一整天后,终于踏上归途,返回地球上的家。木卫三–地球航线塞满了筋疲力尽、脸色难看的上班族。木星正处在远离地球的太阳另一端,行程足有两个小时。每隔几百万英里,规模巨大的船流就会减速,甚而陷入让人苦不堪言的停滞状态。交通灯闪个不停,火星和土星来的飞船也涌入这条主要的交通动脉。

"上帝啊,"莫里斯嘟囔说,"人到底能累到什么程度?"他将飞船锁定到自动驾驶状态,暂时从控制台那里移开视线,点了一根他现在亟须的香烟。他两手发抖,脑袋犯晕。已经过了六点,萨莉肯定生气了;晚饭又要放凉,美味不再。一切都一成不变。驾驶飞船令人精神崩溃,轰鸣的喇叭声和暴怒的司机都纷纷从他的小飞船旁掠过，留下愤怒的手势、喊叫、咒骂……

还有那些广告，这才是最要命的。从木卫三到地球的漫长路程中，他能忍受其他的一切——只有广告不能忍！而等到了地球，又会出现成群结队的销售机器人。这真的太过分了，它们简直无处不在。

为了绕过一起五十艘飞船连环追尾事故，他放慢了船速。维护飞船正在来回奔忙，将飞行线路上的残骸清理干净。警用火箭飞快地闪过，他船舱内的扬声器响起了它们的鸣笛声。莫里斯娴熟地升高飞船，从两艘船速缓慢的商业运输船中间穿过，闯入暂时空着的左船道，然后加速向前，把事故现场甩在了身后。顿时，愤怒的喇叭声纷纷响起，但他全不在乎。

"泛太阳系制造公司向您表示诚挚的敬意！"一个巨大的声音在他耳中轰响。莫里斯呻吟了一声，蜷在椅子里。他正在接近地球，广告音量还在加大。"您还在为日常生活的巨大压力感到烦恼吗？您的压力指数是否已经快要超过安全线？一个个人身份原件就能解决您的烦恼。它极度轻巧，可以佩戴于耳朵后面，接近您的前额叶——"

谢天谢地，他熬过了这通广告。随着他快速驶离广告覆盖区，广告的音量越来越小，逐渐消失在他身后。但另一则广告又在前方等待。

"司机们！每年都有成千上万的人死于星际航行。海波诺动力控制公司拥有专家级的代码源，可以确保您出行安全。倾身托付，安全无忧！"那声音越来越大，"工业专家表示——"

前两个还都是音频广告，比较容易忽略掉。但现在，一条视觉广告正在渐渐成形。他皱起眉头，闭紧眼睛，但还是无能为力。

"人类！"一个充满了虚情假意的声音从他的四周传来，"你可以永远摆脱代谢运动导致的异味。现代科技可以无痛移除肠胃系统，替代系统可以帮您克服最为惨痛的社交障碍。"视频信号已经完全载入并锁定视神经。一个近乎全裸的女孩，金发凌乱，蓝色双眼迷离，红唇微启，头部后仰，脸上带着意乱情迷的狂喜神色。女孩渐渐向他凑近，嘴唇贴向他的嘴唇。突然之间，女孩脸上的情欲消失了，换成了恶心又反感的样子，然后图像也随之淡去。

"你可曾有过这样的经历？"那声音有如雷鸣，"在激情如火的性爱中，你有没有因为肠胃活动排出的气体冒犯过您的爱侣，导致——"

他飞过了广告，声音终于停止。他的头脑终于属于自己了。莫里斯狂踩推进器，让小飞船向前猛冲。刚才那份广告带来的视听压力是直接施加在他的脑中的，如今已经减弱到了触发点之下。他呻吟了一声,摇头摆脱掉它最后的影响。在他周围,到处是若隐若现的广告声音在回响着。它们闪烁着,喋喋不休,就像是遥远射频站发射出的信号杂音。到处都埋伏着广告,他小心翼翼地回避着,十分灵巧,就跟动物陷入绝望时的本能反应一样。但还是无法躲过所有的广告。绝望笼罩着他。一个新的视听信号轮廓已经在形成。

"你,上班谋生的男士!"这广告的吼声冲进上千名疲惫的通勤者的眼睛和耳朵里,灌进他们的鼻孔和喉咙,"受够了一成不变的旧工作?奇迹脑波有限公司完善了一套了不起的远程思维扫描仪,让你轻松获知其他人的所说所想。帮你轻松超越同事,了解老板的私人生活。让职场不确定性一去不回!"

莫里斯的绝望情绪暴增。他把推进器开到最大功率,小飞船摇摇晃晃地脱离了常规飞行道,爬升到外部禁行区。飞船的前风挡冲破保护墙时,响起一声刺耳的尖啸——然后广告声就在他身后淡去。

他减速,在痛苦和疲惫的双重压力下浑身颤抖。地球就在前方,他很快就将到家。也许晚上他能好好睡一觉。他颤巍巍地压低飞船机鼻,准备连接芝加哥公共降落场的牵引光束。

"市面上最好的代谢调整设备。"销售机器人刺耳地喊叫着,"保证维持内分泌平衡,无效全额退款。"

莫里斯疲惫地走过机器人身边,走上通往居住区的人行道,他的居所就在那里。那台机器人尾随了几步,然后放弃了他,赶着去骚扰下一个苦瓜脸的上班族去了。

"第一时间了解全部新闻资讯。"一个金属质感的声音喋喋不休地对他说,"请在你最不常用的那只眼睛里安装瞳内视屏。保持与世界同步,无须等待过时的每小时更新。"

"滚开!"莫里斯呵斥道。那台机器人让开去路,他跟一群弯腰驼背的男女一起穿过街道。

到处都是机器人销售员,打手势、哀求、号叫。有一台开始尾随他,他加快了脚步。它还赖在他身后,不停地念它的销售词,试图吸引他的注意,一直跟着他走上了坡,来到居所前面。它还不肯罢休,于是他弯腰拣起了一块石头,愤怒地向它投掷过去。他逃也似的进入房子,甩手重重地关上门。那台机器人犹豫了一下,然后转身快速离开,去骚扰另一个带着大包小包艰难爬坡的妇女去了。那女人想要避开机器人,但却没能如愿。

"亲爱的!"萨莉喊了一声。她快步从厨房出来,同时在塑料短裙上擦着手,明亮的双眼中显露着激动的神色,"哦,你这小可怜儿! 你看起来好累的样子!"

莫里斯摘了帽子和外衣,快速地亲吻了一下妻子裸露的肩膀,"晚饭吃什么?"

萨莉把他的帽子和外衣挂进衣柜,"我们要吃天王星野生雉鸡,你最爱吃的。"

莫里斯舌底生津,感觉到一股细微的能量缓缓注入了他疲乏至极的身体,"真的吗?今天是什么好日子?"

妻子的棕色眼睛有些湿润,泛起浓浓的怜爱,"亲爱的,今天是你生日啊。你三十七岁生日,你忘记了吗?"

"可不是。"莫里斯苦笑了一下,"我确实给忘了。"他踱步进入厨房。餐桌已经摆好,咖啡在杯子里冒着热气,旁边是黄油和白面包,还有土豆泥和绿色菜豆。"我的天,好丰盛。"

萨莉按下烤炉按钮,冒着热气的雉鸡已经被细细切分完毕,装在盘子里滑入了餐桌。"去洗洗手,我们就可以开饭了。抓紧时间,免得凉了。"

莫里斯把两手伸进自动清洗孔,然后感激地坐在餐桌前。萨莉端上香喷喷的鲜嫩雉鸡,两人开始用餐。

莫里斯吃光了盘子里的食物,靠在椅背上,慢条斯理呷着咖啡,然后才开口说道:"萨莉,我不能再这样下去了,必须想想办法。"

"你是说开飞船上下班吗?我真希望你能在火星找个差事,像鲍勃·荣格那样。也许你可以跟雇佣委员会的人谈谈,解释一下你面临的种种压力——"

"不只是驾驶飞船。它们无处不在、无孔不入,不分昼夜地袭扰着我。"

"你指谁,亲爱的?"

"卖东西的机器人,我一停下飞船就出现了。除了机器人,还有那些视听广告。它们直接深入人的脑子里,像附骨之疽一样挥之不去,简直把人烦死了。"

"我懂。"萨莉同意地拍着他的手背,"我去买东西的时候,它们也会成群结队紧追不舍,所有机器人一起说话,真的是让人抓狂——很多时候,你甚至根本不知道它们在说什么。"

"我们必须突破重围。"

"突破重围?"萨莉很震惊,"你到底什么意思?"

"我们必须摆脱它们。它们正在毁掉我们。"

莫里斯在衣袋里摸索了半晌,小心地取出一小块金属箔。他小心翼翼地将其展开,铺展在桌面上,"看这个,办公室的同事们都在传看,传到我这里的时候,我留下了一份。"

"这是什么?"萨莉读出上面的字句时,眉头皱起,"亲爱的,我觉得你拿到的信息不完整,肯定还有更多详情资料。"

"一个全新世界。"莫里斯的语气变得温柔起来,"那里还没被这些东西控制,目前还没有。它在很遥远的地方,远在太阳系之外,远在星海之间。"

"比邻星?"

"足有二十颗行星,其中一半可供人类居住。那边目前仅有几千人,一些工人、科学家,还有几支工业资源调查小队。到处是可供占据的土地。"

"但这也太——"萨莉做了个鬼脸,"亲爱的,你不觉得那边开发得还不够吗? 他们说,那边的生活就像回到了二十世纪。还在使用冲水马桶、浴缸、汽油驱动的汽车——"

"是这样的。"莫里斯卷起那小块残破的金属,脸色凝重,极为严肃,"那里要比这边落后上百年。没有这些东西——"他指了一下起居室里的烤炉和其他家具,"我们要适应没有这些的生活,我们必须适应更简单的生活方式。像我们的先辈一样,过简朴的生活。"他想要微笑,但脸上的肌肉却不听使唤,"想象一下,你会不会喜欢那样的生活? 没有广告,没有机器人销售员,交通速度是每小时六十英里,而不是六千万英里。我们可以搭乘大型交通系统中的公用车辆,这样我就可以卖掉自己上下班用的火箭飞船……"

两人都没有出声,一时安静了下来。

"埃德。"萨莉开口说,"我觉得我们还需要慎重考虑这件事。你的工作怎么办? 到了那边,你能做什么?"

"我会找个差事做的。"

"但具体做什么？你连这个都没有想清楚吗?"她的声音略显尖利，透露出某种程度的不快，"在我看来，我们需要把这件事想想清楚。而不是一下子就抛弃这边的一切，简单地——说走就走。"

"要是我们不去，"莫里斯语速很慢，竭力让自己保持平静，"它们早晚会逼死我们。我们剩下的时间不多了，我不知道自己还能撑多久。"

"真是这样，埃德？你这样说还真是有够夸张。要是你感觉那么痛苦，为什么不请个假，做一个全面的抑郁症检查？我之前看过一个视频节目，是一个心理问题比你严重很多的人在接受治疗，他也比你老得多。"

她跳起来，"我们今晚出门好好庆祝一下。好吗?"她纤长的手指摆弄着短裙拉链，"我会穿上那件新的塑料材质晚礼服，就是我一直没有勇气穿上的那一件。"

她的眼睛里泛着兴奋的光，快步进入卧室，"你知道我指的是哪一件吧？靠近了看，它只是半透明的，但离得越远，它会变得越清透，直到——"

"我知道那件衣服。"莫里斯疲惫地说，"我在回家路上看到过那东西的广告。"他缓缓站起来，茫然踱进客厅，在卧室门口站住了，"萨莉——"

"什么事?"

莫里斯欲言又止。他本来想再问她一遍,跟她谈谈那半条他小心密封后带回家的磁性卷。他本想跟她谈人类边境的生活,谈谈半人马座比邻星,谈谈离开就不再回来的计划。但他没能得到开口的机会。

门铃响了。

"门口有人!"萨莉兴奋地叫起来,"快去看看,是谁来了!"

夜色下,那台机器人静默不动。冷风从它背后吹进房子。莫里斯打了个寒噤,从门口后退一步。"你想干什么?"他质问道,心里莫名地发忧,"你有什么事?"

那台机器人比他见过的其他机器人更为高大。身体高而且宽,配有粗壮的抓钩和扁长的眼眸。它的躯干上部是方盒形,而不是常见的圆锥形。它有四条下肢,而不是常见的两条。它几乎有七英尺高,比莫里斯高出一大截。巨大又壮实。

"晚上好。"它平静地说。它的声音乘着夜风传来,混杂着夜晚沉郁的喧嚣声——交通噪声和信号灯提示音。朦胧夜色中,有几簇身影匆匆略过。整个世界显得黑暗而叵测。

"晚上好。"莫里斯本能地回应道,他发觉自己在打哆嗦,"你是卖什么的?"

"我要向你演示一下法斯拉德。"机器人说。

莫里斯的大脑一下子迟钝了,不知道如何反应。法斯拉德是个什么东西?一切就像是做梦一样,还是噩梦。他竭力收敛心神。"你说什么?"他哑着嗓子问。

"法斯拉德。"机器人没有解释。它面无表情地打量着眼前的人类,就像它没有义务解释任何事情,"只要一点儿时间就好。"

"我——"莫里斯欲言又止。他后退,避开门口的风。机器人神色不变,从他身边滑过,进入房子。

"谢谢你。"机器人说。它现在已经停在了客厅中央,"麻烦你把妻子叫来,好吗?我也想让她看看法斯拉德。"

"萨莉,"莫里斯无助地喊道,"过来一下。"

萨莉气喘吁吁地跑进客厅,兴奋得连双乳都颤动了起来。"什么事?哇哦!"她看见那台机器人,犹犹豫豫地停下了,"埃德,你订购了什么东西吗?还是正要买什么东西?"

"晚上好,"机器人对她说,"我将向您展示法斯拉德。请坐好。麻烦坐在沙发上,两人坐一起。"

萨莉满怀期待地落座,她双颊绯红、两眼放光,充满好奇和疑惑。埃德麻木地坐在她旁边。"你看,"他闷闷不乐地说,"也不知法斯拉德到底是什么鬼东西。这到底在搞什么?我其实不想买任何东西!"

"你叫什么?"机器人问他。

"莫里斯,"他差点儿噎住,"埃德·莫里斯。"

机器人转向萨莉。"莫里斯太太,"它微微鞠了一躬,"我很高兴见到你们,莫里斯先生和太太。你们是这个街区第一次亲眼见到法斯拉德的人。这是我在本区域的第一次演示。"它冰冷的眼神扫过房间,"莫里斯先生,我猜您是有工作的。您在哪里上班?"

"他在木卫三上班。"萨莉乖乖回答,像学校里的小女生一样,"公司是地球金属开发总公司。"

机器人消化了一下这条信息。"一台法斯拉德会对你很有用。"它又看看萨莉,"你做什么工作?"

"我是历史研究所的磁带转录员。"

"从职业角度而言,法斯拉德对您毫无用处,但在家务方面,它会让您受益良多。"它用强健的钢爪抓起一张桌子,"例如某些时候,一件好家具被笨手笨脚的客人损坏了。"机器人把桌子砸成了碎片,木头和塑料的碎片纷纷落下,"您就会需要一台法斯拉德。"

莫里斯无助地跳了起来,他无力阻止事态发展。一份令人麻木的重压紧紧地裹住了他。机器人已经在把桌子碎块扔到一边,选了一盏沉重的落地灯。

"哦,天哪,"萨莉吸了一口凉气,"那是我喜欢的一盏灯。"

"只要您拥有一台法斯拉德,就没有任何事情值得担心。"机器人抓起那盏灯,把它扭成了极为怪异的样子。它扯坏灯罩,摔烂灯泡,然后把灯的残骸丢开,"这类事情可能出现在强烈爆炸之后,比如氢弹袭击之类。"

"看在上帝的分上,"莫里斯咕哝说,"我们——"

"氢弹袭击这种事或许永远不会发生。"机器人继续说,"但这种状况一旦出现,法斯拉德将是不可或缺的利器。"它跪下来,从腰间拔出一根结构复杂的管状物。它用那根管子瞄准地板,轰出了一个直径五英尺的大洞,原有的东西都被原子化了。它从那危险的洞口边缘后退一步,"我还没有更深地挖掘这条隧道,但两位应该已经看明白了。在遭到氢弹袭击时,法斯拉德可以确保你们的生命安全。"

"袭击"这个词似乎在那机器人的金属脑子里激起了一系列连锁反应。

"有时候,地痞流氓会在夜间袭击人。"它继续说,毫无征兆地猛然转身,一拳击穿了墙壁,墙面坍塌成了一地的石灰粉和到处滚落的残砖。"而这样一下就足以击退他们。"机器人挺直身体,遥望室外,"到了夜晚,您经常劳累到连按下烤炉按钮的力气都没有。"它大步闯进厨房,开始猛按烤箱按钮。一大堆食物四处飞溅。

"住手!"萨莉喊叫起来,"从我的烤炉旁边滚开!"

"你可能太累,甚至无力给浴缸放水。"机器人猛地扳下浴缸开关,水一下子喷涌出来。"或者你想直接上床。"它把床从卧室拖出来,摔在地上。机器人步步逼近萨莉,吓得她连连后退。"有时候,由于整日的辛勤工作,你已经无力自己脱掉衣服,这种情况下——"

"你马上出去!"莫里斯对它吼道,"萨莉,快去叫警察。这东西疯掉了。快!"

"任何一个现代家庭都需要一台法斯拉德。"机器人继续说,"比如说,电器如果坏掉,法斯拉德可以即时修复故障。"它抓过自动加湿设备遥控器,扯坏里面的线路,然后又靠在墙上把它修好,"有时候您不想去上班。法斯拉德已经获得法律授权,只要不连续超过十天,可以代替您上工。如果在这段时间之后——"

"我的上帝啊。"莫里斯说,他终于明白了过来,"你就是法斯拉德。"

"没错。"机器人表示同意,"全称是'全自动自我管理型智能机器人'(家用型)。我们还有法斯拉克(建筑型)、法斯拉姆(管理型)、法斯拉斯(士兵型)和法斯拉逼(行政型)。我是家用型号。"

"你——"萨莉极为吃惊,"你自己就是待售品。你在……自己卖自己。"

"我只是在展示自己的能力。"法斯拉德机器人回答说,他继续说话的同时,不带感情的金属眼死死盯着莫里斯,"我确信,莫里斯先生,你会乐意拥有我的。我价格合理,质保证书齐全,配备全套使用说明书。我想不出您有任何拒绝我的理由。"

时间已经是十二点半。埃德·莫里斯还坐在床脚边,穿了一只鞋,另一只拿在手里。他眼神空洞地看着前方,什么都没说。

"我的老天,"萨莉抱怨说,"你快点儿解开那鞋带,上床来吧,你明天早上五点半就得起床呢。"

莫里斯心不在焉地摆弄着鞋带。过了一会儿,他放下手里的鞋,开始拉扯另一根鞋带。房子里寒冷、寂静。外面,凄凉的夜风穿过房子侧面的杉木林,发出呜咽声。萨莉蜷着身体躺在辐射暖灯下面,半睡半醒,唇间还叼着一支香烟,享受着那份温暖。

法斯拉德就站在客厅里,它没有离开,它还在那里,等着莫里斯把它买下来。

"差不多得了!"萨莉尖刻地说,"你到底什么毛病?它已经修好了它损坏的所有东西,它只是在展示自己的能力。"她昏昏欲睡地叹了口气,"它的确是把我吓到了,我还以为它出了什么故障。他们这个主意真的很棒,让机器人向人们推销自己。"

莫里斯还是不说话。

萨莉翻个身,俯卧在床上,懒洋洋地按灭了烟头,"它也不是很贵,对吧?区区一万金币,要是我们能让朋友们跟风下单,还能拿到百分之五的销售提成。我们需要做的就是展示它,根本就不用自己去做任何推销,它自己就会推销自己的。"她咯咯笑起来,"他们都喜欢能够自我推销的商品,对吧?"

莫里斯解开他的鞋带,但却又把鞋子穿上,鞋带系紧。

"你在搞什么?"萨莉生气地质问,"立刻上床来!"她怒气冲冲地坐起来。而莫里斯却离开了房间,慢慢地走向走廊。"你要去哪儿?"

在客厅,莫里斯打开灯,面对法斯拉德坐下。"能听到我说话吗?"他问。

"当然。"法斯拉德回答,"我从不停机。有时候紧急状况会发生在深夜里:孩子突然生病,或者有什么事故发生。你们现在还没有孩子,但如果——"

"闭嘴。"莫里斯说,"我不是来听你啰唆的。"

"但你问了我一个问题。每一个自我管理型智能机器人都与核心信息交换网络相连。有时候,人们需要即时得到某些信息。法斯拉德随时随地都可以回答任何理论性和实务性问题,只要不讨论形而上学就好。"

莫里斯拿起使用说明书，翻看了一下。法斯拉德有几千种不同的功能，它永远不会老化，永远不会不知所措，也不可能犯错误。他把说明书丢到一边。"我不会买下你的。"他对机器人说，"永远不会。过一百万年都不会。"

"哦，你会的。"法斯拉德纠正说，"这么好的机会你不能错过。"它的声音里透着平静的、钢铁一样的自信，"莫里斯先生，你拒绝不了我。法斯拉德绝对是现代家庭不可或缺的帮手。"

"你滚出去。"莫里斯语调不变地说，"滚出我的房子，永远别再回来。"

"我不是您的法斯拉德，所以您无权对我发令。除非您按照标价将我买下。我现在只听命于自我管理智能机器人有限公司，他们的指令跟您的相反。我要一直留在您这里，直到您把我买下来。"

"那要是我永远不买你呢？"莫里斯虽然这样问，心里却已经一片冰凉。他已经预感到了答案会是怎样的令人心寒。这个问题不可能有其他答案。

"我就会继续留在您身边。"法斯拉德回答，"最终您还是会把我买下来的。"它从壁炉架上的一个花瓶里扯出几枝枯萎的玫瑰，扔进垃圾筒，"你将发现，在越来越多的情况下，一台法斯拉德是不可或缺的。最终您甚至会想，没有我的那些年，您都是怎么活下来的。"

"有没有什么你做不到的事情?"

"哦,有的。我做不到的事情很多,但只要你能做到的事,我都能做——而且比你做得好很多。"

莫里斯缓缓吁了一口气,"我要买下你,才真的是疯了。"

"但您还是要买我的。"那个冷冰冰的声音说。法斯拉德伸出一根空管,开始给地毯吸尘,"我在任何情况下都能派上用场。请留意,这张地毯已经变得松软起来,而且纤尘不染。"它收起刚才的管子,伸出另外一根,喷出一团一团的白色颗粒,弥漫在房间的每一个角落里。莫里斯咳嗽起来,踉跄后退。

"我正在喷药驱除飞蛾。"法斯拉德解释说。

白色的雾气变成了一种难看的蓝黑色。房间黯淡下来,似乎暗藏杀机。法斯拉德的身形只剩下一个隐约的轮廓,在房间正中有条不紊地移动着。过了一会儿,雾气消散,又能看得清家具了。

"我刚刚还喷药杀灭了有害细菌。"法斯拉德说。

它给房间的墙壁重新喷过漆,还制作了与之相配的新家具。它加固了浴室顶棚,增加了烤炉散热孔的数量。它还重新安装了电线,拆除了厨房里的所有固定装置,替换成更先进的型号。它检查过莫里斯的财务账目,为他算好了来年需要缴纳的所得税。它削尖了所有铅笔。它还抓住他的手腕,迅速地做了个体检,立刻诊断说,他的高血压症状来自于心理压力过大。

"等你把各种责任都交到我身上,自己就会感觉好多了。"它解释说。它丢掉了萨莉剩下的汤,"有食物中毒风险。"它报告说,"你的妻子很性感,但在更高层次的智力活动方面能力有限。"

莫里斯走到衣柜前,取出他的外套。

"你要去哪里?"法斯拉德问。

"去上班。"

"这么晚?"

莫里斯向卧室里扫了一眼。萨莉已经在舒适的辐射暖灯下沉沉睡去。她苗条的身躯像鲜嫩的玫瑰一样粉红、健康,脸上还是无忧无虑的模样。他关上前门,快步走下台阶,进入黑暗。冷风扑面吹来,他顶风来到停靠站。他的小型通勤飞船跟数百艘同类飞船停在一起。只要投入二十五美分硬币,就可以让服务机器人把它运到面前。

十分钟后,他已经在前往木卫三的路上。

当他在火星停船加燃料时,法斯拉德赶上了他的飞船。

"您显然还没有搞懂。"法斯拉德说,"我得到的指令,是不断向您展示我的优点,直到您满意为止。截至目前,您还没有完全接纳我。所以我还需要继续做展示。"它调出一套复杂的网络，连接了飞船的控制系统，调试完善了所有的拨盘和计量器，"您应该对自己的飞船勤加检修。"

它来到飞船后部，检查喷气发动机。莫里斯昏沉沉地向地勤示意，飞船脱离了燃料泵。他加速，把尘沙覆盖的小个子行星抛在后面，前方就是巨大的木星了。

"您的喷气发动机状况不佳。"法斯拉德从后面回来，报告道，"主刹车的杂音让我很不舒服。您一降落，我就会开始对飞船进行全面维修。"

"你们公司不介意你免费给我帮忙吗？"莫里斯嘲讽地问。

"在公司看来，我已经是您的法斯拉德了。这个月底，您就将收到一张交款发票。"机器人利落地甩出一支水笔和一沓表格，"我将为您解释四种轻松支付方案。如果支付一万金币现金的话，您将得到百分之三的优惠。此外，您家里的部分家具也可以折现——都是您不再需要的东西。如果您想要分四次付清款项的话，第一笔需要马上支付，最后一笔在九十天之内付清。"

"我从来都是付现金的。"莫里斯咕哝着。他正在小心地重设控制板上的路线坐标。

"九十天付款方案并没有额外的利息。还有一种六个月付款方案，但要支付百分之六的年息，你要额外负担的金额是

——"它突然中断了这个话题,"我们更改了飞行线路。"

"正确。"

"我们已经离开了官方指定的飞行交通线。"法斯拉德收起它的纸笔,快速来到控制台前,"您在干什么？ 这样做,是要缴纳两金币罚款的。"

莫里斯不理它。他沉着脸坐在控制台前,两眼紧盯着显示屏。飞船正在急剧加速。警告浮标叫个不停,他从那些东西面前一掠而过,冲进孤寂黑暗的深空中。几秒钟后,他们就已经把所有的飞船甩到了身后。他们很快就离开了木星,独自向更远的星空进发。

法斯拉德计算了一下飞行线路,"我们正在离开太阳系,飞向半人马座。"

"你猜对了。"

"您难道不该给您的妻子打个招呼吗?"

莫里斯哼了一声,把加速杆推得更高一些。飞船震颤着、摇晃着,然后好不容易恢复了平稳。喷气机开始发出刺耳的哀鸣。读数显示,主涡轮已经开始升温。他无视所有警告,将应急燃料也投入了使用。

"我可以给莫里斯夫人打电话。"法斯拉德建议说,"再过一会儿,我们就离开有效通信区间了。"

"不用麻烦了。"

"她会担心的。"法斯拉德快速跑到后舱,再度检查发动机。当它回到驾驶舱时,显得极度紧张,"莫里斯先生,这艘飞船并不具备星系间航行的能力。它是一台D型家用飞船,仅适合星系内航行。它并不能承受这么快的速度。"

"要去比邻星,"莫里斯回答说,"我们就需要这么快的速度。"

法斯拉德把它的电线接入控制台,"我能分担一部分电路负担。除非您掉头返程,不然我无法保证喷气式发动机不出故障。"

"让喷气发动机见鬼去吧。"

法斯拉德沉默了,专心地听着飞船下部越来越刺耳的尖啸声。整个飞船都在剧烈颤抖。小片油漆剥落。由于机械部件磨损,地板已经发烫。莫里斯的脚还踩在加速阀门上。飞船不断加速,太阳被抛在了他们的身后。他们已经离开了人们熟悉的太空区域,离太阳越来越远。

"现在已经无法跟您太太视频通话了。"法斯拉德说,"飞船尾端有三架紧急求助火箭,要是您愿意,我可以帮您发射,看能不能吸引到过路的军事运输船。"

"为什么?"

"他们可以拖带我们返回太阳系。虽然这样要被罚六百金币,但在目前情况下,这已经是我能想到的最好结果。"

莫里斯背对着法斯拉德,把加速阀门一踩到底。刚才的哀鸣声已经变成狂暴的怒吼。众多设备裂开了、破碎了,控制台上好多线圈爆开。灯光变暗、熄灭,然后又很勉强地重新亮起。

"莫里斯先生,"法斯拉德说,"现在你必须准备好面对死亡。根据统计数字,目前涡轮机爆炸的概率高达百分之七十三。我会尽我所能挽救我们,但现在的处境不容乐观。"

莫里斯回头看显示屏。有那么一会儿,他渴望地凝视着不断变大的半人马座双星。"它们看上去不错,是吧? 重要的是比邻星,它有二十颗行星呢。"他查看那些不断闪烁的设备,"喷气发动机状况怎样? 这些设备都烧坏了,我看不出发动机的情况。"

法斯拉德犹豫了一下,它想开口,却又改变了主意,"我到后面去检查一下吧。"它走向到飞船后端,钻下短小的孔道,消失在了噪声震天、摇晃不停的发动机室。

莫里斯探身按灭了烟头。他又等了一小会儿,然后抬手将速度提到最高,那是控制台上仅剩的还可操作的装置。

爆炸把飞船撕成了两半。船体的碎片从他身边飞过。他的身体因为失重而浮起,然后重重地撞在控制台上。金属和塑料碎片像雨点一样纷纷打在他身上。炽热的光燃起、变暗,最终消失在寂静里。别无他物,仅有死灰残留。

应急气泵低沉的嘶嘶声让他渐渐恢复了意识。他被压在控制台的残骸下面。一只胳膊骨折了,扭曲地搭在身上。他试图移动双腿,但腰部以下都已经失去了知觉。

他的飞船的残片还在向半人马座方向飘飞。舱面密封设备正徒劳地想要修补巨大的破洞,自动温控和重力调节设备也还颤颤巍巍地在工作,它们都有自备电池。视窗中,壮观的双恒星系统越来越巨大,奇美而绚烂。

他当时很高兴。他很感激,能在寂静的报废飞船上,躺在废墟之下,看着不断变大的恒星。这真是绝美的景象。他想看这番景色已经很久了。它现在就在面前,而且每一个瞬间都更为接近。再过一两天,飞船就将扑进光球层表面,灰飞烟灭。但他还可以享受这死亡之前的最后光明,再没有任何东西,会来破坏他的幸福。

他想起了萨莉,她应该还在辐射暖灯下沉睡。萨莉会喜欢比邻星吗? 很可能不会,她大概会想方设法地早些回家。这里的美妙,他只能独享。这儿只属于他一个人。他因此感到由衷的宁静。他可以躺在这里,一动不动,而那燃烧的奇观会越来越接近……

有声音。成堆的被烧化了的废料后面，有什么东西正在站起来。在视窗透入的微光映照下，一个扭曲的满是伤痕的东西显现出影影绰绰的轮廓来。莫里斯费力地扭头看去。

法斯拉德摇摇晃晃地站起来。它的大部分躯干都已经不在了，被击碎或是断掉了。它步履蹒跚，然后在一阵刺耳的刮擦声中将脸转向了前面。它一寸一寸慢慢地向莫里斯靠近，在离他还有几英尺的时候，再无力前行，停住了。它体内的齿轮嘎吱嘎吱地运转着，继电器开开合合。它残损的身体被一种模糊不清、不知所谓的生命力驱动着。

"晚上好。"它尖利的金属声音艰难地说。

莫里斯尖叫。他想要挪动身体，但倒下的梁柱却把他死死地固定在原处。他哭喊、哀号，想要爬远点儿避开它。他向它吐口水、嘶吼，最终无奈地低声饮泣。

"我想向您展示一台法斯拉德。"那金属质感的声音继续说，"麻烦您把妻子叫来，好吗？我也想让她看看法斯拉德。"

"你滚开！"莫里斯尖叫着说，"从我面前滚开！"

"晚上好。"法斯拉德继续说道，声音像是从一卷破损的磁带中发出来的一样，"请坐好。我很高兴见到你们，您叫什么？谢谢，你们是这个街区第一次亲眼见到法斯拉德的人。您在哪里上班？"

它死气沉沉的眼睛紧盯着他，空洞的眸子里没有任何情绪。

"请坐好。"它又说，"这次展示很快就可以完成，只会占用您一点点时间。这次展示很快就会——"

（郝秀玉　译）

第六梦

父 怪

THE FATHER-THING

【导读】

剧集:《父怪》　　　原作:《父怪》

导演/编剧:迈克尔·迪内

我们都有恋父情结。

原作《父怪》涉及了一个经典的主题:何以为人?

这个故事是关于替换的——人类被复制品替换。虽然这种设定在其他种类的小说中屡见不鲜,但我仍爱上了这个故事,因为假如一家一户能被入侵,那么,整个社区乃至全世界都同样有可能沦陷。

故事通过一个孩子的视角叙述,他是自己的故事的主角。而这让我心头难安。

我认为原作令人震撼的原因在于它所呈现的那个问题:"如果到头来你发现在这个世界上你最爱的那个人原来是个怪物,

你会怎么做？"文中，主角小男孩在朋友的帮助下，奋而挺身，与不可名状的邪恶战斗。故事文风黑暗，却不失风趣，隐含了弗洛伊德学说有关的内心情感活动，情节极度动人心魄：

"父怪把它藏在了桶的最底端，就藏在枯叶和碎纸板之间，在腐烂的杂志和窗帘布之间，在妈妈从阁楼中取下来准备烧掉的杂物堆里。那东西还有一点儿爸爸的形貌，足以让他辨认出来。他找到了它，但它的样子令他作呕。他手扶着垃圾桶，闭上眼，好一会儿后才有勇气再看。桶里是他爸爸残留的身体。他真正的爸爸。父怪不需要的残渣被丢弃在此。"

改编此作的方法相对简单。我有意保留了原作的情感内核，同时坚决地将背景放在了我构想的世界里。

我有两个儿子，一个11岁，一个13岁。此剧本谨献给他们，以及我自己的父亲。

迈克尔·迪内（Michael Dinner），导演、制片人、剧作家，曾监制和执导过《纯真年代》和《火线警探》。近期，迪内担任亚马逊热门连续剧《诈欺担保人》的监制。

（肖钰泉 译）

父　怪

　　"晚饭做好了。"沃尔顿夫人招呼道,"去叫你爸来,让他洗手吃饭。你也一样要洗手,小伙子。"她端着一口冒着热气的砂锅走向收拾整齐的餐桌,"他应该在车库里。"

　　查尔斯犹豫了一下。他才八岁,可脑子里的烦恼,怕是能令希勒尔①无所适从。"我……"他欲言又止。

　　"有什么不对吗?"琼·沃尔顿察觉了儿子语气中的惶惑,作为母亲,她心里马上警觉了起来,"泰德没在车库里吗? 天哪,他刚刚还在那边磨剪树篱的大剪刀呢。他没去安德森家吧? 我跟他说过,晚餐马上就要做好了。"

----

　　① 希勒尔(公元前70-公元10年),全名希勒尔·哈·撒根,习称大希勒尔。公元前后巴勒斯坦犹太人族长,犹太教公会领袖和拉比。其阐释的犹太教经书对后世犹太教解经学家具有重大影响。编有《古代犹太拉比格言集》,成为后人编写《塔木德》的依据之一。

"他就在车库。"查尔斯说,"但他在……自言自语。"

"自言自语!"沃尔顿夫人解下鲜艳的塑料围裙,把它搭在门把手上,"泰德吗?怎么会?他从来都不自言自语。去叫他来。"她把滚烫的黑咖啡倒进小小的中式青花瓷茶杯里,然后把奶油玉米舀到盘子里,"你到底怎么了?快去叫他!"

"可我不知道该叫哪一个。"查尔斯情急之下脱口而出,"他俩长得一模一样。"

琼·沃尔顿握着铝煎锅的手指一松,锅中的奶油玉米差点儿洒出来。"小伙子……"她正要发火,泰德·沃尔顿就大步走进了厨房。他一面使劲闻食物的味道,一面期待地搓手。

"啊,"他开心地叫道,"炖羊肉。"

"是炖牛肉。"琼嘟嚷着纠正道,"泰德,你刚在外面干了什么?"

泰德坐在自己的位置上,打开餐巾,"我把剪刀磨得像剃刀一样锋利。还上了油,现在它快得很。最好别碰它,你的手会被割掉的。"他是个帅气的男人,刚刚三十岁出头。浓密的金发,强壮的臂膀,灵巧的双手,方脸,一双闪亮的棕色眼眸。"哇,炖肉看起来真不错。今天上班真累。周五了,你懂的。好多事儿堆在一起,我们必须在五点钟之前理清所有账目。艾尔·麦金利说,要是我们把午餐时间安排得更合理一些,我们部门的工作效率就能提高百分之二十。他想让我们错开吃饭时间,这样就始终都有人在工作。"他招呼查尔斯坐过来,"坐下,我们开饭吧。"

沃尔顿夫人给大家盛上冻豆子。"泰德,"她慢慢地坐下,问道,"你有什么心事吗?"

"心事?"他眨眨眼睛,"不,没什么特别的,就是平常那些事儿。怎么了?"

琼·沃尔顿不安地看看儿子。查尔斯僵硬地坐在他的位置上,面如死灰,毫无表情。他没动,既没打开餐巾,也没碰一口牛奶。她能感觉到空气里弥漫着紧张情绪。查尔斯把椅子从他父亲身边挪开。他蜷缩着,身体紧绷,尽可能远离父亲。他嘴唇翕动,念念有词,但她听不清他在说什么。

"怎么了?"她探身向前问。

"另外一个,"查尔斯正在小声嘟囔,"进来的是另外一个。"

"你是什么意思啊,亲爱的?"琼·沃尔顿大声问,"什么另外一个?"

泰德愣了一下,脸上掠过一丝奇怪的表情,但转瞬即逝。在那个短暂的瞬间,泰德·沃尔顿的脸变得极为陌生。怪异、冷漠的神情闪现在那张扭曲、抽搐着的脸上。他的目光失去了焦点,瞳孔向后收缩,一层古老的隔膜覆盖在眼珠之上。完全不是平常那副疲惫的中年居家男人模样。

然后他就恢复了常态，虽然仍旧有细微的差别。泰德咧着嘴笑，狼吞虎咽地开始吃炖肉、冻豆子和奶油玉米。他大笑，搅动他的咖啡，一边开玩笑，一边吃。但事情很不对劲。

"他是另外一个。"查尔斯说。他脸色煞白，双手开始颤抖。他突然跳起来，从餐桌前退开。"你滚开！"他喊起来，"滚到外面去！"

"嘿，"泰德凶神恶煞地吼道，"你中了什么邪？"他严厉地指指男孩的椅子，"你乖乖给我坐好了吃饭，小子。你妈妈辛辛苦苦做饭，不能让你随便糟蹋。"

查尔斯转身，跑出厨房，向楼上自己的房间跑去。琼·沃尔顿非常震惊，坐立不安，"这……这到底是……"

泰德继续吃饭。他的脸色难看，眼神凶狠。"那个熊孩子，"他咬牙切齿，"就是欠教育。也许我应该私下跟他好好谈谈。"

查尔斯蹲下来，听着楼下的动静。

那个父怪正走上楼梯，离他越来越近。"查尔斯！"他愤怒地大叫，"你在那儿吗？"

他没有回答，而是无声地退回房间，把门关严。他的心怦怦直跳。父怪已经踏上二楼，再过一会儿，就将进入他的房间。

他快速跑到窗前。他很害怕。那怪物已经在黑暗的走廊里摸索门把手。他掀开窗户，爬到房顶上。伴随着一声闷哼，他跳到正门旁边的花园里,摇晃了一下,痛得直抽冷气。然后他跳起来,逃到透出窗口的亮光照不到的地方。在漆黑的夜晚,灯光在地上刻出一方金黄的印记。

他来到车库。它矗立在前方,像是矗立在地平线上的黑色方块。他呼吸急促,在衣兜里翻找手电筒,然后他小心地推开滑门,进入车库。

车库里是空的,汽车停在库门口。左边是他爸爸的工作凳。锤子、锯子之类的工具挂在木板墙上。墙边放置着割草机、草耙、铁锹、锄头,还有一大桶煤油。到处都钉着废旧车牌。水泥地板上积了一层灰,房间正中有一大摊油迹。在手电筒晃动的光线照耀下,还能看到几簇沾满黑色油污的野草。

门后就有一个巨大的垃圾桶,桶盖上放了一堆皱巴巴的报纸和杂志,已经潮湿发霉。查尔斯搬动它们时,闻到一股刺鼻的腐朽味道。蜘蛛从报纸杂志中掉落到水泥地上,惊惶四散。他踩烂它们,继续寻找目标。

接下来看到的情景让他尖叫。他扔掉了手电筒,本能地向后跳开。突然之间,车库又是一片漆黑。他勉为其难地跪下来,在黑暗中摸索着手电筒。他有时会碰到死蜘蛛,有时会摸到油腻的青草。像是花了无数个世纪,他终于找到了手电筒。他压抑着自己的恐惧,将手电筒的光照进他搬开那堆杂志后露出的井口一样的地方。

父怪把它藏在了桶的最底端，就藏在枯叶和碎纸板之间，在腐烂的杂志和窗帘布之间，在妈妈从阁楼中取下来准备烧掉的杂物堆里。那东西还有一点爸爸的形貌，足以让他辨认出来。他找到了它，但它的样子令他作呕。他手扶着垃圾桶，闭上眼，好一会儿后才有勇气再看。桶里是他爸爸残留的身体。他真正的爸爸。父怪不需要的残渣被丢弃在此。

他拿来草耙，伸进桶中去戳那残骸。它很干，被草耙轻轻一碰，就散架了。那些碎片就像是被丢弃的蛇蜕，单薄易碎，只是一层空壳，里面的部分都不见了。那些才是重要的部分。他爸爸就剩了这么点儿，只有一层易碎的干皮儿，被揉作一小团，丢在垃圾桶最底下。这就是父怪留下的；他已经吃完了其余的部分。他吞噬了父亲的精华，然后取代了他。

有声音。

他丢下草耙，快步赶向门口。父怪正沿着院子里的小路向车库走来。他的鞋子踩在砂石路面上。他小心翼翼地在黑暗中摸过来。"查尔斯！"他生气地叫嚷，"你在里面吗？别被我抓到，你这小混蛋！"

接着房子门廊处亮起灯光，他能看到妈妈丰腴的身形，她显得紧张而僵硬，"泰德，别打他。他只是被什么事吓得厉害。"

"我不会打他的。"父怪没好气地回答。他停下来,擦亮一根火柴,"我只是想要跟他谈谈。他需要学着讲规矩。就那样离开餐桌,大半夜往外跑,还爬上房顶……"

查尔斯偷偷从车库溜出来。火柴光照亮了他跑动的身影。父怪吼了一声,猛冲上来。

"到这里来!"

查尔斯逃掉了。他比那个父怪更了解周围的地形,虽说对方对环境也挺熟悉。他吞噬了父亲的精华,吸收了其中的知识,但没有人比男孩更了解周边环境。他到达篱笆墙,翻过去,跳进了安德森家的院子,钻过晾衣绳,然后再沿着他家房子的侧面狂奔,进入枫树街。

他蹲下来,屏住呼吸静听。父怪没有追来,他已经回去了,又或许他绕到了房子外的人行道。

他颤抖着深吸一口气。他必须继续逃。或早或晚,那家伙总会找到他的。他环顾左右,确定他没在暗中窥视,然后弯下腰,像小狗一样快速跑掉。

"你想干吗?"托尼·佩雷蒂挑衅地问。托尼十四岁。佩雷蒂家的餐厅以橡木板装修而成。他坐在餐桌前,身边都是书本和铅笔,还有吃了一半的火腿花生酱三明治和一杯可乐。"你是沃尔顿家的孩子,对吧?"

托尼有份校外兼职工作,在镇上的约翰逊电器商店拆装炉具和冰箱。他个子很高,神情木然,黑头发,橄榄色皮肤,一口雪白的牙齿。他揍过查尔斯几次。附近几乎所有的小孩都挨过他的揍。

查尔斯扭扭捏捏地说:"那个……佩雷蒂。你能不能帮我一个忙?"

"你想干啥?"佩雷蒂觉得很烦,"找人打得你鼻青脸肿吗?"

查尔斯郁闷地低下头,握紧双拳,支支吾吾地简单讲了此前发生的事。

等他讲完。佩雷蒂轻声吹了个口哨,"不是耍我的?"

"这是真的。"他马上点头,"我带你去看哦。你跟我去,我就指给你看。"

佩雷蒂慢慢站起来,"行啊,带我去吧。我想看。"

他从自己房间里拿来BB枪[①],两人一起沿着黑暗的街道走向查尔斯的家。路上他们都没怎么说话。佩雷蒂沉着脸,想着心事。查尔斯还没回过神来,脑子里一片空白。

他们在安德森家的私人车道那里转弯,从他家后院斜穿过

---

① 仿真玩具,可发射较不具杀伤力的塑胶子弹(BB弹),也可译作"彩弹气枪"。

去,爬过篱笆,小心地跳进查尔斯家的后院。周围没有一点儿动静,院子里很安静。房子前门紧闭。

他们透过起居室的窗户往里看。百叶窗已经关闭,但还留着一条窄缝,从中透出金黄色灯光。沃尔顿夫人坐在沙发上缝补一件棉布T恤衫。她的大脸膛是一副难过又焦虑的表情,无精打采地忙碌着。在她对面,就是父怪。他正靠坐在爸爸的安乐椅里面,脱掉了鞋子,读着当天的晚报。角落里的电视机开着,但却无人观看。一瓶啤酒放在安乐椅的扶手上。那个父怪的坐姿跟他爸爸一模一样,他还真学会了不少。

"看起来跟你老爹没什么两样。"佩雷蒂狐疑地小声说,"你真的没骗我?"

查尔斯带他去了车库,给他看垃圾桶。佩雷蒂把他晒黑的长胳膊伸下去,小心地把干枯、焦脆的残渣取出来。两人铺开那东西,爸爸的轮廓渐渐显现出来。佩雷蒂把残骸放在地上,然后将散掉的部位归位。那残留物带着点儿像琥珀一样的黄色,几乎算是没有颜色,近乎透明。它薄得像纸一样,干燥,而且毫无生气。

"就剩这点儿了。"查尔斯含着眼泪说,"他就剩下这么一点儿,怪物已经把他里面的东西吃干净了。"

佩雷蒂脸色变得苍白。他哆哆嗦嗦地把残骸放回垃圾桶。

"这可真是严重了。"他咕哝着,"你之前说,你见过他们两个在一起?"

"他们在谈话,两个人看起来一模一样。我是碰巧跑进去的。"查尔斯擦掉眼泪,打了个寒噤。他已经无法继续隐瞒,"那怪物是在我眼前把他吃掉的。然后他走到房子里,装作是我爸爸。但他不是。他杀了我爸,把他皮肤之下的部分都吃掉了。"

佩雷蒂默然半晌。"我跟你说,"他突然开口,"我以前也听说过类似的事情。这事儿很棘手,你必须开动脑筋,不能光顾着害怕。你现在不害怕了,对吧?"

"我不怕。"查尔斯硬撑着小声说。

"我们首先要做的,是找出杀死他的办法。"他摇了下自己的BB枪,"我不知道这个有没有用。你爸爸可是个大块头,不会轻易就被人控制住。"佩雷蒂想了想,"我们还是离开这里吧。他可能还会回来。人们说杀人犯总是会回到现场。"

他们离开车库。佩雷蒂蹲下身,再次透过窗户往里看。沃尔顿夫人已经站了起来,她正焦急地说着什么。他们隐约能听到里面的声音。父怪丢下报纸。两人正在争吵。

"看在上帝的份上!"父怪喊道,"不要做这样的蠢事。"

"一定是出事了,"沃尔顿夫人伤心地说,"发生了可怕的事。你让我给医院打个电话问问。"

“你不用给任何人打电话。他没事,很可能就在街上玩儿。”

“他从来不会这么晚出门,他也从来都不会不听话。他今天就是被吓坏了——被你吓坏了! 我觉得今天不能怪他。”她难过地哽咽,“你到底是怎么了? 现在的样子真奇怪。”她走出房间,来到门口,“我要到邻居家看看。”

父怪恶狠狠地看着她的背影,直到她消失。接着,一件可怕的事发生了。查尔斯惊叫起来,就连佩雷蒂也在小声咕哝。

“你看,”查尔斯小声说,“那是……”

“天啦。”佩雷蒂瞪大了眼睛说。

沃尔顿夫人一出门,父怪就瘫倒在椅子上。他开始变软,嘴巴张开,眼睛无神地瞥向一侧。他的头向前垂下,像个被丢弃的提线木偶。

佩雷蒂从窗前退开。“这就清楚了。”他小声说,“我已经弄清了真相。”

“这是怎么回事?”查尔斯问。他又惊又怕,不明所以,“看起来,就像是被关闭了电源一样。”

“正是如此。”佩雷蒂缓缓点头,脸色阴沉,忍不住战栗着,“有什么东西在外面控制他。”

查尔斯被吓坏了,“你是说,他被我们世界之外的某个东西控制?”

佩雷蒂不耐地摇摇头，"只是这座房子外面而已！就在这院子里。你知道怎么找到那东西吗？"

"不是很懂。"查尔斯强打精神，"但我认识一个很会找东西的人。"他努力回想那个名字，"博比·丹尼尔斯。"

"那个黑小孩？你说他会找东西？"

"他最棒了。"

"那好吧。"佩雷蒂说，"我们去找他来。我们必须找到屋外的控制者。那东西派他进入房子，还遥控着他……"

"它就在车库附近。"佩雷蒂对那小个子、瘦脸盘的黑人小孩说，后者正跟他们一起蹲在黑暗处。"受害者就是在车库里被它攻击的。所以，从那边找起吧。"

"从车库里面？"丹尼尔斯问。

"是车库周围。沃尔顿已经翻找过车库里面了。我们就在周围找。它不会跑远。"

车库旁边有一片小花坛，还有一大丛杂乱的竹林。车库到房子之间散落着废旧物品。月亮已经出来，一层冷冷的、雾一样的光辉照耀着一切。"如果我们不能马上找到它，"丹尼尔斯说，"我就得回家。我不能熬得太晚。"他比查尔斯大不了多少，好像只有九岁。

"行。"佩雷蒂同意,"开始找吧。"

三人分散开来,小心地搜寻地面。丹尼尔斯的动作快到难以置信。他瘦小的身体迅速地移动着,令人眼花缭乱。他爬过花丛,翻开石块,察看房子下面,然后分开植物枝干,熟练地在夹杂着肥堆、荒草的树木枝叶间翻找,每一英寸都不肯放过。

佩雷蒂找了一会儿就停下了,"我来站岗吧。这事儿或许有危险,父怪也许会跑来阻止我们。"他拿着BB枪站在后门台阶上,查尔斯跟博比·丹尼尔斯继续搜寻。查尔斯动作比较慢,他很累,身体冰冷麻木。一切看起来都不像是真的,那个父怪,还有他亲生父亲的遭遇。但恐惧还是促使他继续寻找。万一同样的劫难降临到他妈妈,乃至他自己身上呢?或者其他人身上?甚至整个世界。

"我找到它了!"丹尼尔斯尖细地叫起来,"你们都快过来看啊!"

佩雷蒂举起他的气枪,小心翼翼地靠近。查尔斯快步走过去。他将手电筒的黄色光柱照向丹尼尔斯站着的地方。

那个黑人小孩刚才翻开了一大块石头。在潮湿、腐臭的泥土里,光柱照亮了一个泛着金属光泽的东西。这是只细长的节肢动物,数不清的弯折的腿正在拼命掘地。它像蚂蚁一样,体表覆盖着甲壳。这只红棕色的甲虫正迅速从他们面前消失。它成排的细腿儿扒拉着,地面很快就被挖开。它拼命向自己挖开的隧道中逃窜,长得丑怪狰狞的尾巴在空中疯狂摇摆。

佩雷蒂跑进车库,拿回草耙,用它插中了那虫子的尾巴,"快动手! 用气枪打它!"

丹尼尔斯抓过枪来瞄准,第一枪就把那虫子的尾巴打折了。虫子在地上狂扭,没用了的尾巴拖在身后。它还掉了好多条腿。虫子足有一英尺长,像一条巨大的千足虫。它还在拼命挣扎,想要逃入地下。

"再打!"佩雷蒂下令。

丹尼尔斯笨拙地摆弄着那支枪。虫子扭动着身体低声嘶鸣,它的头来回晃动,扭转身来咬那支钉住它的草耙,小黑豆似的眼睛里闪着仇恨。它徒劳地攻击了草耙一阵子,然后,毫无征兆地,它的身体突然开始猛烈地抽搐起来。所有人都惊恐地后退。

查尔斯感觉到自己脑子里有嗡嗡的响声。嗡嗡声响亮、急促,带着金属音色,像是有十亿根钢丝同时在震动。那股力量摇晃着他,金属的噪音让他耳鸣不止、头晕目眩。他摇摆着站起来,向后退去。其他人也一样,全都脸色苍白、心惊肉跳。

"如果用枪打不死它。"佩雷蒂急促地说,"我们可以淹死它,或者烧死它,或者用针刺穿它的脑子。"他紧握草耙,把虫子死死钉在地面上。

"我带了一小罐甲醛,"丹尼尔斯咕哝说。他用手指紧张地摆弄着气枪,"这玩意儿到底怎么使啊?我好像没有办法……"

查尔斯把枪从他手里抢过来,"我来杀了它。"他蹲下,一只眼睛盯着准星,扣住了扳机。那条虫子还在扭动、挣扎。它散发出的力场仍在冲击他的鼓膜,但他握住了枪,手指收紧……

"好了,查尔斯。"父怪说。他强有力的手指抓住了他,那力道让他手腕发麻。他徒劳地挣扎,枪掉在了地上。父怪还想推倒佩雷蒂。那男孩灵巧地跳开。但虫子也趁机摆脱了草耙,成功地钻进了隧道。

"我要狠狠打你一顿屁股,查尔斯。"父怪继续说,"你吃错药了吗?你可怜的妈妈担心得都要疯掉了。"

他一直都在,藏在暗影里,蹲在黑暗中观察他们。他平静又无情的声音,就像父亲嗓音的伪劣复制品,回荡在查尔斯耳边。他拖着他走向车库。怪物冰冷的气息吹在他脸上,冰凉又清新,像是正在腐朽的泥土。他的力气非常大,查尔斯什么都做不了。

"别跟我斗。"他平静地说,"跟我走,去车库里。这是为你好。我想得很清楚了,查尔斯。"

"你找到他了?"他的母亲打开了房子后门,急切地大声问道。

"是的,我找到了他。"

"你现在要干什么?"

"教训他一下。"父怪推开车库门,"去车库里。"他嘴角露出虚假的微笑,既没有欢欣,也不带其他情绪,"你回客厅去吧,琼。我来处理这些就行了。这更适合我,你从来都不喜欢惩罚孩子。"

后门不情愿地关上了。光线暗下来,佩雷蒂趁机弯腰摸索气枪。父怪马上停住了脚步。

"你们都回家吧,孩子们。"他冷冷地说。

佩雷蒂手里握着气枪,拿不定主意。

"快走。"父怪重复说,"放下那个玩具,离开这里。"他慢慢向佩雷蒂逼近,一手拉扯着查尔斯,一手抓向佩雷蒂,"城里不准持有气枪。你老爸知道你有这东西吗?市规里有这一条。我想你最好把那东西先给我,否则……"

佩雷蒂一枪击中了他的眼睛。

父怪呻吟了一声,按住被击中的眼睛。他猛地扑向佩雷蒂。佩雷蒂沿着车道逃开,举起了枪。父怪一个箭步,然后用强有力的手指从佩雷蒂手里夺走了枪。他一言不发地挥枪撞向房子外墙,把它砸得粉碎。

查尔斯趁机挣脱他的手逃跑了。他整个人都麻木了。他能躲到哪里去呢？怪物就位于他和房子之间。他现在已经过来找他了。那个黑影摸索着,凝视着黑暗的环境,仔细地搜寻着他的位置。查尔斯后退,如果有个地方能藏身就好了……

竹林。

他迅速钻进竹林。竹子又老又粗。他钻进去后,竹子就在他身后簌簌地合上了。父怪从衣兜里翻找出一根火柴点亮,然后点燃了整包火柴。"查尔斯,"他说,"我知道你就在这里,藏在某个地方。藏起来是没用的。你只不过会使自己的处境更为艰难。"

他的心在狂跳,继续蹲在竹林里。这里,垃圾和污垢散发出腐臭的味道。到处堆积着野草、垃圾、废纸、盒子、旧衣服、木板、白铁罐、瓶子。蜘蛛和蜥蜴在他周围乱爬。竹子在夜风中摇摆。到处都是虫子和脏东西。

而且还有其他东西。

一个静默不动的身影,像喜阴的蘑菇一样从垃圾堆里面长出来。它是一个白色的圆柱体,湿软的一大坨,被月光蒙上了一层湿润的光泽。层层织网包裹着它,就像发霉的蛹。在它身上,隐约可见胳膊和腿。还能模模糊糊看出尚未成形的头部,只是其上还没有清晰的五官。但他能看出它是什么。

是长得跟妈妈一样的怪物。它在车库与住房之间的阴暗污秽之处生长，就躲在高耸的竹子后面。

它就要成形了。再过几天，它就会成熟。现在它还只是一个蛹，苍白、柔软、饱满多汁。但太阳会把它晒干、晒暖，使它的外壳硬化。它会变得强壮，颜色会变深。它将破茧而出。等哪天他的妈妈来到车库，那个母怪就会……母怪后面，还有一个松软的白色幼体，那是成虫不久前才产下的。它刚长出来，还很小。查尔斯能看到父怪是从哪儿离开的。它也是在这儿生长，然后发育成熟。最终，他的父亲在车库碰到了它。

查尔斯魂不守舍地走着，经过那些发霉的木板、恶臭的垃圾和废料，经过饱满多汁的蘑菇蛹。他虚弱地伸手抓住篱笆，钻了过去。

他又看到了一个，又一只蛹。他之前没看到这一只。它不是白色的，色泽已经变深，表面的丝网、饱满多汁的柔软质感和水汽，都已经消失。它准备好了。它动了一下，微微挪动双臂。

这是……查尔斯怪。

竹子被分开，父怪伸手紧握住男孩的手腕。"你待在这儿别动。"他说，"你站在这里正好。别动。"他用另一只手撕扯着查尔斯怪身上残留的茧，"我得帮它脱壳，它现在还有点儿虚弱。"

最后一丝潮湿的灰色表皮也被扯开，查尔斯怪蹒跚走出。它试探着前进，父怪帮它清理出一条道来，方便它走向查尔斯。

"这边走。"父怪轻声说,"我帮你抓紧他。等你吃饱了,就会变强壮。"

查尔斯怪的嘴巴一开一合,它贪婪地向查尔斯伸出手。男孩拼命挣扎,但父怪巨大的手掌把他死死按在原处。

"别挣扎了,年轻人。"父怪命令道,"你要想好过点儿,就必须……"

父怪突然高声尖叫,浑身抽搐。他放开了查尔斯,踉跄后退,身体剧烈扭动,然后撞在车库墙上,四肢抽动。他翻滚着、摆动着,像是在跳一段痛苦的舞蹈。他惨叫、呻吟,想要爬走。接着,他渐渐安静了下来。查尔斯怪也静悄悄地瘫倒在地,躺在竹子和腐烂的废物之间,身体绵软无力,神色空洞,显得愚蠢至极。

终于,那父怪也不再动弹。只有竹林还在夜风里轻轻呜咽。

查尔斯笨拙地站起来。他来到水泥车道上。佩雷蒂和丹尼尔斯向他走来,两人都瞪大眼睛,神色戒备。"别靠近他。"丹尼尔斯严厉地说,"他还没死透,还得等一会儿。"

"你们做了什么?"查尔斯喃喃问道。

丹尼尔斯放下一大桶煤油,长出一口气,"我在车库里发现了这个。我家住在弗吉尼亚州的时候,常常用煤油烧蚊子。"

"丹尼尔斯把煤油倒进了那只爬虫的洞里。"佩雷蒂解释说,他还是惊魂未定,"是他的主意。"

丹尼尔斯小心地踢了下父怪的尸体，"他现在死了。虫子一死，他就会死。"

"我猜其他那几只也会死。"佩雷蒂说。他推开竹子，检查垃圾中长出的蛹。查尔斯怪不再动弹。佩雷蒂用小棍子扎它胸口，它都没有反应。"这只已经死了。"

"我们最好还是确保万无一失。"丹尼尔斯沉着脸说。他抬起那桶沉重的煤油，把它拖到竹林边，"我丢了些火柴在车道上。你去拿来吧，佩雷蒂。"

他们对视了一下。

"好的。"佩雷蒂小声说。

"我们最好先把喷水龙头打开。"查尔斯说，"万一火势蔓延。"

"我们动手吧。"佩雷蒂不耐烦地说。他已经向前走去了。查尔斯快步跟上，他们在月亮的微光下寻找火柴。

（郝秀玉　译）

第七梦

头环制作者
THE HOOD MAKER

【导读】

剧集:《面罩制作者》　　原作:《头环制作者》

编剧:马修·格雷厄姆

在十到十八岁的阅读发展时期,我如饥似渴地阅读了能找到的所有科幻作品。鉴于本地图书馆只准许每两周借阅五本书,我的阅读量可以说相当可观。阿西莫夫、赫伯特、海因莱因和布拉德伯里,这些科幻大师都对我的想象力产生了巨大的影响。而菲利普·迪克的作品则无疑是最具挑战性、最让人激动的。

PKD将你从极高处生生扔入他的世界,没有一句解释,不做一句道歉。在他的头脑中,正常的规则不适用,从零加速到六十迈只需一毫秒。所以,请时刻保持理智。故事的开场白很可能会类似于"卡特冉·马勒维奇踩着他的回声滑板车在城市间逃窜。绿色大脑紧追其后。"

好吧,这是我编的。不过,你已经明白了我的意思。预热完毕,正式开始。PKD的行文,字里行间蕴含着一种能量,既浓烈又高效,能驱使我一读到底,让我血脉贲张。PKD懂得如何在脑海中描绘出画面,但同时也清楚,他的作品——尽管天然具有视觉画面感——是文学,而不是偷摸着兜售给电影制片厂的剧本(现今很多小说家都这么做)。然而,具有讽刺意味的是,后世的电影制片人却排着队改编他的作品。

我读PKD的短篇合集时,往往读得过快,容易漏读内容。因为我渴望能迅速读完这一篇,马上读下一篇。阅读PKD的小说,就像是在收集神奇宝贝。把它们全部集齐! 因此,我会很兴奋,但会漏读文字——我当时还是个孩子,有本事告我去呀! 结果,在读《头环制作者》时,我误解了第一页上"hood"的意思。那个叫弗兰克林的男人佩戴的"hood",是为了保护自己免受读心,"hood"的实际意思并不是真正的面罩,而是一个隐蔽的金属头环。

多年后,当我重读这个故事时,发现了自己的错误。可为时已晚。一个男人头戴面罩走过拥挤的城市街道,这形象早已烙在我的脑海中。这形象是如此飘逸出尘,又如此地令人不安。这种勇敢的举动,既可以看成是表明个人立场的公然反抗,但同时也是深藏不露的密谋。它直指故事的主题:什么样的秘密才有权深藏不露？是否所有的想法都应受到尊重，即使它黑暗而危险？如果读取他人的思想是站在国家利益的角度，我是否有权利这么做？我能将思想藏起来吗？这是否错了？

当我非常荣幸能挑选一篇PKD的小说改编为《电子梦》的剧本时，我选择了《头环制作者》，并决定坚守我孩童时的最初理解。我保留了面罩。因为面罩让我不安。而我也想为这部剧集找到一个令人不安又稍具标志性的意象。因为不论对错，这是源自我个人的反应，我觉得应予以保留。改编小说是极度私人化的事，就像读科幻大师们的作品一样，而PKD对我来说更是非比寻常。

他的作品初读如讲座，继而如对话，最后会发展成一段关系。所以，尽情听他的讲座，和他对话，品味与他的关系吧。观书后易忘，愿它能永远伴你左右，正如它永远陪伴着我一样。

马修·格雷厄姆(Matthew Graham)，*电视剧编剧、制片人，曾是电视剧《火星生活》和《灰飞烟灭》的主创之一，创作了其中部分剧集的剧本，同时还曾担任根据阿瑟·克拉克原著改编的迷你剧《童年的终结》的编剧和监制。*

(肖钰泉 译)

头环制作者

"头环!"

"有人戴了头环!"

正在工作的人和正在购物的人都沿人行道朝同一个方向冲去,很快聚集成群。一个脸色蜡黄的年轻人放下脚踏车,飞奔过去。人群不断壮大:穿灰色外套的商人、面色疲倦的办公室秘书、售货员以及工人纷纷加入其中。

"抓住他!"人群蜂拥向前,"是那个老人!"

蜡黄脸的年轻人从排水沟里捡起一块石头,投掷出去。石块擦过老人身边,砸在了一家店铺的门脸上。

"他戴着头环,就是他!"

"把它取下来!"

更多的石块落下。老人惊惧地喘着粗气,试图从挡在他身前的两个士兵中间挤过。一块石头击中了他的后背。

"你隐瞒了什么思想?"蜡黄脸的年轻人跑到老人面前,"你为什么不敢接受探查?"

"他隐瞒了见不得人的思想!"一个工人抢下了老人的帽子。一双双手急不可待地伸向老人脑袋上戴着的金属细环。

"没人有权利隐瞒思想!"

老人跌倒了。他弓着身子趴在地上,他的雨伞滚落到一旁。一个售货员抓住他的头环,使劲往下扯。人群顿时失控,人人都拼抢着想拿到头环。突然,那个年轻人大喊一声,高举着头环退出人群,"我拿到啦! 我拿到啦!"年轻人跑回脚踏车,骑车快速离开了——他的手中紧握着弯曲变形的头环。

一辆响着警笛的机器人警车在人行道边停下。几名机器人警察跳下车,驱散了乱哄哄的民众。

"你受伤了吗?"他们将老人扶起。

老人茫然地摇了摇头。他的眼镜斜挂在一边的耳朵上,脸上糊着鲜血和口水。

"很好。"警察松开了金属手掌,"为了您自身的安全,建议您离开街道,进入室内。"

思想净化局的理事罗斯将信息备忘板推到一边,"又一起案件。真期待《反豁免法案》获得通过。"

彼得斯抬头看了一眼,"又一起?"

"又一个人戴了头环——屏蔽思想探查。过去四十八小时内,这已经是第十起了。通过邮寄发放的头环一直在增加。"

"邮寄,塞进门底缝隙,偷偷放进衣兜,留在办公桌上——发放方式五花八门、数不胜数。"

"如果有更多的人向我们报告——"

彼得斯狡黠地笑了笑,"能有人告密已属难得。头环可不是平白无故地赠送的。这些赠送对象也并非随机选取的。"

"他们为什么要选这些人?"

"这些人的思想里有东西需要隐瞒。除此之外,还能有什么原因?"

"那些向我们告密的人是怎么回事?"

"那些人不敢戴上头环,于是将头环上交给我们——以避免嫌疑。"

罗斯心情阴郁地沉吟道:"我想你说得有理。"

"清白之人没理由隐藏自己的思想。百分之九十九的人很乐意接受思想扫描。想证明自己忠诚的人毕竟占绝大多数。不过,这余下的百分之一全都怀有不忠思想。"

罗斯翻开牛皮纸文件夹,拿出一只弯曲的金属圆环。他仔细地端详了一会儿，"看看它，只是一根某种不知名的合金长条，但它却能有效地阻隔所有的探查手段。心感人都气疯了。心感人想进入佩戴者的思绪时，它能反过来震荡心感人的思绪。就像震荡波一样。"

"你肯定已经将头环样本送往实验室了。"

"没有。我可不想哪个研究员给他自己造个头环。我们的麻烦够多了！"

"这只头环是从谁身上取的？"

罗斯按了一下办公桌上的按钮，"我们马上便知。我们来听听那个心感人的汇报。"

办公室的大门消融，一个四肢细长、脸色蜡黄的年轻人走了进来。他看了看罗斯手上的金属圆环，露出了一丝带着戒备意味的淡淡微笑，"你找我？"

罗斯打量着年轻人。金黄色的头发，蓝色的眼睛——一个长相平凡的孩子，看起来就像个上大学二年级的学生。可罗斯心知肚明。欧内斯特·阿博德是个心灵感应变种人——心感人。思想净化局雇用了几百个心感人探查公民的忠诚度，他是其中之一。

在心感人出现前，探查公民忠诚度的手段可谓杂乱无章：发誓、盘问、电话窃听——效果皆差强人意。理论上，每个人都必须证明自己的忠诚——仅限于理论。实际上,鲜有人能做到。如此看来,似乎"有罪推定"的观念将不得不被废弃,转而重新启用罗马法系①。

这道仿佛无解的难题,在2004年的马达加斯加大爆炸中得到了解决。驻扎在该片区域的数千士兵遭受了大量的强辐射伤害。爆炸幸存的士兵大多丧失了生殖能力。他们的后代总计不过数百个,但其中许多孩子的神经系统却展现出了一种全新特征。于是,在人类几千年的历史中,史无前例地,变种人横空出世。

心感人的出现纯属偶然,却解决了自由联邦面临的最为紧迫的问题:找出和惩罚不忠者。心感人对于自由联邦政府,其价值无可估量——而心感人也明白这一点。

"你拿到的?"罗斯敲着头环问道。

阿博德点点头,"是的。"

年轻人正在读取他刚才的所思所想,而不是回答他的问话。这让罗斯恼怒得涨红了脸,"那个人什么样貌?"他厉声质问道,"信息备忘板并未给出具体细节。"

"他是弗兰克林博士,在联盟资源委员会任理事,今年六十七岁,到此是为了拜访亲戚。"

---

① 罗马法系,我国习惯称之为"大陆法系",强调成文法的地位与作用,在刑事司法推定中强调"无罪推定"的原则。

"沃尔特·弗兰克林！我听过他的大名。"罗斯抬头盯着阿博德,"那么,你已经——"

"只要摘下他的头环,我就能扫描他的思想。"

"袭击之后,弗兰克林去了哪里?"

"他听从警察的指示,躲入了室内。"

"警察来了?"

"在头环被摘掉后,当然。整个过程进行得极其顺利。弗兰克林是被另一个心感人发现的,不是我。我被告知他朝我这个方向来了。当他走到我旁边时,我大喊他戴着头环。人群很快聚集,他们跟着我大喊起来。另一个心感人赶到现场后,我们操纵着人群,趁机靠近了他。我亲自取下了他的头环——剩下的事你都知道了。"

罗斯沉默了一会儿,"你知道他是怎么得到头环的吗?你探查出来了吗?"

"他通过邮件收到的。"

"他是否——"

"他不知道寄件人和寄件地址。"

罗斯皱起了眉头,"这么说,他无法提供给我们关于他们的信息。寄件人的信息。"

"头环制作者。"阿博德冷冷地说。

罗斯抬头瞥了一眼，"什么？"

"头环制作者。有人制作头环。"阿博德严肃起来，"有人在制作屏蔽罩阻止我们探查。"

"而你确定——"

"弗兰克林什么也不知道！他昨天晚上进的城。今天早上，他的邮件机送来了头环。他经过权衡，买了一顶帽子戴在头上，遮住头环。然后，他步行前往他侄女的房子。几分钟后，当他进入我们的探查范围，就被我们发现了。"

"他们的队伍近来似乎在扩大，分发出去的头环也日渐增多。不过你知道，"罗斯咬牙切齿道，"我们必须确定寄件人的位置。"

"这需要时间。他们显然一直戴着头环。"阿博德的脸扭曲了，"我们必须靠得非常近！我们的扫描范围极其有限，但我们迟早会找到一个寄件人，迟早会扯掉某个人戴的头环——然后找到他……"

"仅在去年，我们就发现了五千个戴头环的人，"罗斯阐述道，"五千个人——没一个人知道一星半点儿的信息。头环是从哪儿来的，是谁制造的？"

"等我们的同类再多一些，事情会简单得多。"阿博德凶狠地说，"我们现在的数量太少了。但最后——"

"你们将对弗兰克林展开思想探查，对吗？"皮特森问罗斯，

"像走例行程序一样。"

"我想是的。"罗斯对阿博德点了点头,"你们不妨着手跟进此事。派一个你们的小组对他进行常规探查,看看是否能在他的无意识神经区深处找到有趣的东西。给我汇报结果的方式照旧。"

阿博德将手伸进外套,拿出一卷卡带甩在罗斯面前的办公桌上,"给你。"

"这是什么?"

"弗兰克林的综合探查结果。我们彻底搜查了他各个层级的思想,并做了记录。"

罗斯抬头看着年轻人,"你——"

"我们已经完成了此事的后续工作。"阿博德向门口走去,"活儿做得干净利落。是卡明斯做的。我们发现了相当多的不忠思想。大部分藏得很深,属于意识形态的不忠。你可能会想逮捕他。他在二十四岁时,找到了一些旧书和音乐唱片,思想受过很深的荼毒。卡带的后半部分,记录了我们对他的思想偏离做的评估以及全面讨论。"

大门消融,阿博德走了出去。

罗斯和彼得斯目送他离开。罗斯拿起卡带,把它和弯曲的金属头环放在一起。

"真没想到，"彼得斯说，"他们已经完成了探查。"

罗斯点点头，沉吟道："是的。我不确定我是不是喜欢他们的这种办事风格。"

两人对视了一眼——心知就在他们说话的当口，欧内斯特·阿博德正在办公室外扫描着他们的思维。

"见鬼！"罗斯徒劳地骂道，"见鬼！"

沃尔特·弗兰克林呼吸急促，向周围看了看。他颤抖着抬起手，将冷汗从满是皱纹的脸上抹掉。

走廊里，思想净化局特工"哐当哐当"的脚步声回荡着，越来越响。

他摆脱了暴徒——暂时安全无事。一切皆始于四个小时前，而现在太阳已落山，夜幕降临了大纽约地区。他设法横穿了半个城市，差不多逃到了市郊——城内缉捕他的公共警报已经拉响。

为什么？他为自由联邦效劳了一辈子。他没做过任何不忠的事情。一件也没有，除却一个例外：他今天打开早上送来的邮件时，发现了个头环，左思右想，最终把它戴到了头上。他仍记得小便签上的问候：

您好！

今由制作者敬赠予您探查屏蔽罩，并殷切希
望它对您有所帮助。致谢。

短短两句话后，便再无其他的信息。他思量良久。他应该
戴上吗？他从未做过违法的事情。他没有什么好隐藏的——他
未曾对联邦有过不忠的思想。一个念头涌上他的心头，挥之不
去。如果他戴上了头环，他的思想将变为他自己的，无人能窥
探。他的思想将再次属于他自己，私有、隐秘，他愿意怎么想就怎
么想，无穷无尽的想法，只归于他个人所有，而非供给其他人扫
描。

终于，他打定主意，戴上了头环，又以一项旧卷边毡帽当做
遮掩。他出门后不到十分钟，便被一群大喊大叫的暴徒围住。而
现在满城响彻着缉捕他的公共警报。

弗兰克林绞尽脑汁。他能做什么？他们会把他抓到思想净
化局去的。不会有人对他提出具体指控，能否证明忠诚及清白全
靠他自己。他有没有做过错事？他是不是做过一些事，却又不记
得了？他曾戴过头环。也许这就是他的过错。有议员在国会提
起了《反豁免法案》，认定佩戴屏蔽罩为重罪，但该法案还未获通
过——

净化局的特工已经很近了，几乎就快发现他了。他一边沿旅馆走廊后撤，一边绝望地环视四周。视线中出现了一个亮着红光的标识：出口。他急忙跑过去。他跑下地下室的阶梯，发现自己到了黑漆漆的大街上。外面不安全，有暴徒游荡。此前，他一直尽力待在室内。但现在，他别无选择。

他的身后传来了一声尖锐的叫喊。有什么东西从他身边一掠而过，一小块路面化作了青烟。是莱姆枪射线。弗兰克林拔腿就跑，上气不接下气地转过街角，钻进了一条小巷。人们诧异地看着他从身边跑过。

他跑上了一条热闹的街道，混入前往剧院的汹涌人流中。特工看见他了吗？他紧张地左顾右看，并未发现他们的身影。

他走到街角时，路灯照亮了道路。他移动到相对安全的人群中央。他看见一辆造型流畅的净化局特勤车朝他驶来。他是否在短暂脱离人群时被特工发现了？他离开人群，朝远端的马路牙子跑去。特勤车猛地加速向前。另一辆特勤车出现，从相反的方向驶来。

弗兰克林跑到了马路牙子上。

伴随着轮胎与地面的摩擦声，第一辆特勤车停了下来。大群净化局特工一拥而出，冲上人行道。

他被困住了，无处可藏。他的周围，疲倦的购物者和下班的办公室员工好奇地看着他,没有一点儿同情之色。有几个人缺心少肺地觉得好玩,还冲他咧嘴直笑。弗兰克林疯了似的四处乱看。没有地方,没有门,没有人——

一辆车停在他跟前,车门滑开。"上车!"一个年轻姑娘探出车外,她的漂亮脸蛋上写满了焦急,"上车,快点儿!"

他上了车。姑娘"啪"的一声关闭车门,车子开始加速。一辆特勤车在他们前方甩尾停下,以其造型优美的庞大车身挡住了道路。第二辆特勤车行驶到他们后方。

姑娘抓住控制杆,倾身向前。突然,车子飞了起来。它离开街面,越过前方的车辆,迅速地抬升高度。一抹蓝紫色的射线闪过,点亮了他们身后的高空。

"趴下!"姑娘大声说道。弗兰克林在座椅上伏低了身子。车子划出一条长长的弧线,远远绕过街道一边建筑外的保护性石柱。地面上,特勤车放弃了追击,颓然回返。

弗兰克林向后靠坐回座椅,颤抖着用手擦了擦前额。"谢谢。"他低声说。

"不用客气。"姑娘提高了车速。他们离开了城市的商业区,在市郊的住宅区上方飞驰。她紧盯着前方的天空,默不作声地驾驶。

"你是谁?"弗兰克林问。

姑娘往后座丢了一件东西给他，"把它戴上。"

一个头环。弗兰克林松开头环，笨拙地将它套在头上，"戴好了。"

"这样他们才没办法让心感人扫描我们。我们必须时刻保持警惕。"

"我们去哪儿？"

姑娘一只手扶着驾驶盘，转过头来；她灰色的眼睛平静地审视着他。"我们去见头环制作者，"她说，"针对你的公共警报为最高等级。如果我放你走，你撑不过一个小时。"

"可是我不明白。"弗兰克林迷茫地摇了摇头，"他们为什么要抓我？我干了什么？"

"你被诬陷了。"姑娘驾驶车子在空中拐出了一个大弯，风儿呼啸着从挡泥板和底盘支架间穿过，"被心感人诬陷了。事态发展得很快，我们得抓紧时间。"

这位秃头的小个子男人摘下近视眼镜，眯着眼睛与弗兰克林握手，"很高兴见到你，博士。你在资源委员会的研究让我颇感兴趣，我一直有所关注。"

"你是谁？"弗兰克林问道。

小个子男人不好意思地笑了笑，"我叫詹姆斯·卡特。我就是心感人口中的头环制作者。这里是我们的工厂。"他挥手在房间里比画了一圈,"敬请参观。"

弗兰克林环顾四周。他身处于一间木结构仓库内,应该是二十世纪的老建筑。巨大的梁柱干枯开裂,满是虫眼。地面是混凝土铺成的。天花板上的老式荧光灯闪烁不定、忽明忽暗。斑驳的墙壁上分布着一道道水渍和一根根鼓出墙面的管道。

弗兰克林在房间内信步而行,卡特陪在他身旁。他现在仍满头雾水。事情一件紧接着一件,让他措手不及。这里似乎是纽约城外某处废弃的工业区。他的周围全是俯身操作压模机和模具的人。空气燥热,一台老古董风扇"呼呼"地转动着;各种嘈杂的声音汇成了震颤的隆隆声,回响不绝。

"这里——"弗兰克林喃喃道,"这里是——"

"这里是制作头环的地方。没想象中的那么壮观,对吗? 但愿以后我们能搬到新的场地。来吧,我带你去看看其他地方。"

卡特推开一扇侧门,他们进入了一间小实验室——细颈瓶和曲颈瓶摆放得到处都是,"我们在这里做研究。有纯理论性的,也有应用性的。我们已经取得了若干成果。其中一些也许会被我们使用,一些我们希望永远用不上。我们的避难者每日都在做这些事。"

"避难者?"

卡特将一些设备往后推了推,坐在了一张实验桌上,"其他来这里的人,原因都与你相似。被心感人陷害。被控告思想偏离。但我们先一步救下了他们。"

"但是为什么——"

"为什么你会被陷害?因为你所处的高位。你是政府部门的理事。这里的所有人都曾地位显赫——都曾被心感人的思想探查陷害。"卡特点燃了一支香烟,背靠在满是水渍的墙上,"我们的组织,源于十年前政府实验室里的一项发现。"他敲了敲自己的头环,"这种合金,能阻隔思想探查,是我们的一个成员在不经意间发现的。心感人当即对他展开了追捕,但他逃脱了。他制作了很多头环,分发给他的同事。我们的组织就是这样开始的。"

"这里有多少人?"

卡特笑了起来,"这可不能透露,反正人手足够生产和分发头环的。主要面向政府内的显赫人物,担任要职的人,科学家、官员、教育家——"

"为什么?"

"因为我们想先心感人一步救下他们。我们与你联系时,已经太迟了。心感人甚至早在头环邮寄出之前,就对你进行了思想探查,并做出了完整的报告。

"心感人正在逐步攫取政府的控制权。他们通过告发和逮捕,一个个地剪除社会精英。如果心感人说谁不忠,那么思想净化局必定将那个人抓进去。我们试图及时地将头环送达到你手上。如果你戴上了头环,不可能会有报告递交到净化局。但他们棋高一招。他们控制一群暴徒包围了你,抢走了你的头环。头环被摘下后,他们立刻将预先炮制的报告交给了净化局。"

"看来这就是他们想拿下头环的原因。"

"如果一个人的思想不能被探查,心感人是无法提交构陷报告的。净化局没那么傻。所以,心感人必须摘下那个人的头环。每一个戴着头环的人都是不可控的人。迄今为止,他们以煽动暴徒为手段达到目的——但这种方法效率不高。他们目前正致力于使国会通过瓦尔多议员的《反豁免法案》。一旦法案获得通过,佩戴头环的行为会被宣布为不合法。"卡特面带讥讽地笑道,"假设你是清白的,那你有什么理由不愿意自己的思想被探查? 这个法案将佩戴屏蔽罩的行为定为重罪。收到头环的人势必会把头环上交给净化局。如果今后佩戴头环将意味着牢狱之灾和没收财产,那么胆敢如此的人将万中无一。"

"我与瓦尔多有过一面之缘。我不相信他清楚这个法案将造成的后果。如果有人让他明白——"

"正是如此! 如果有人能让他明白就好了。这个法案必须被终止。如果法案获得通过,我们就完了,而心感人会大获全胜。必须有个人跟瓦尔多谈谈，让他认清当下的局势。"卡特的眼睛灼灼发光，"你认识这个人，他一定还记得你。"

"你什么意思？"

"弗兰克林，我们要送你回去——去见瓦尔多。这是我们阻止法案通过的唯一机会。审议程序必须被终止。"

巡航飞船轰鸣着飞临落基山脉，下方的灌木丛和密林一晃而过。"右边有一块平坦的草场，"卡特说，"如果能找到的话，我会把飞船降落到那儿。"

他关闭了喷气引擎。轰鸣声渐渐沉寂。他们在山区的上方滑翔。

"再往右边飞一点儿。"弗兰克林说。

卡特驾驶飞船在空中转了一个大圈，开始下降。"这里距离瓦尔多的宅邸不远。接下来的路程，我们步行。"随着起落支架扎入地面，飞船隆隆作响，剧烈晃动了片刻后，归于平静。

飞船外，微风徐徐，大树轻轻地摇摆。此时是上午十点左右。空气凉爽而清新。他们所处的位置在高山之上，群峰之间，科罗拉多州的一侧。

"我们见到他的概率有多大？"弗兰克林问。

"不太大。"

弗兰克林吃了一惊,"为什么?为什么不大?"

卡特推开飞船的舱门,跳到地面上,"快来。"他扶着弗兰克林出了船舱,"啪"的一声关上舱门,"瓦尔多住的地方戒备森严。机器人简直在他周围筑起了铜墙铁壁,所以我们以前从未尝试接触他。如果不是事态紧急,我们现在也不会铤而走险。"

他们离开了草场,沿着一条杂草丛生的小径下山,"他们这么做是为了什么?"弗兰克林问,"那些心感人,为什么他们想掌控大权?"

"出于人类的本性,我觉得。"

"人类的本性?"

"与雅各宾派、圆颅党相比,心感人并无不同。总是有某个团体想领导全人类——当然,是为了团体自身的利益。"

"心感人也相信这种说法吗?"

"大多数心感人相信他们是天生的人类领袖,不具备心灵感应的人是劣等人种。心感人是高等人种,是人类进化的下一步。因为他们是高等人种,自然而然地,他们应该做领袖,替我们做决定。"

"而你并不赞同。"弗兰克林说。

"心感人确实有别于我们——但这不意味着他们高等。单一的心灵感应官能不代表全面的高等。心感人不是高等人种,他们只是具备特殊能力的普通人类,可这并不能赋予他们对我们指手画脚的权利。诸如此类的事情在历史上屡见不鲜。"

"那么,谁应该领导人类?"弗兰克林问,"谁应该成为领袖?"

"没人应该领导人类。人类应该由人类自己领导。"卡特突然全身紧绷,向前探出头。

"我们快到了,瓦尔多的宅邸就在正前方。准备好,事成与否就看接下来的几分钟了。"

"有几个机器人警卫。"卡特放下了望远镜,"不过我担心的不是它们。我担心,倘若瓦尔多身边有个心感人,他会侦测到我们的头环。"

"但我们不能摘掉头环。"

"不能摘。若真有心感人,整件事会立马传得尽人皆知,心感人之间能互相传递思绪。"卡特小心翼翼地向前移动,"一会儿,机器人会拦住我们,要求出示身份证件。我们得指望你的理事胸牌了。"

他们出了草丛,经由一片开阔区域,向瓦尔多议员错落有致的大宅邸走去。他们上了一条土路,两人都没说话,也没看前方的景致。

"止步!"一个机器人警卫出现,穿过空地飞驰而来,"表明你们的身份!"

弗兰克林亮出了他的胸牌,"我属于理事层。我们来此拜访议员,我是他的老朋友。"

机器人仔细检查身份胸牌,它体内的自动继电器"咔咔嚓嚓"响个不停,"理事层?"

"没错。"弗兰克林开始感到不安。

"让开道路,"卡特不耐烦地说,"我们没时间跟你浪费。"

机器人犹疑地后退,"很抱歉耽误您了,先生。议员在主楼内,请直走。"

"很好。"卡特和弗兰克林大步从机器人身边走过。卡特的圆脸上沁出了汗珠。"我们混过去了,"他压低声音说,"现在只希望屋里没有心感人。"

弗兰克林到了门廊前。他步履沉重地登了上去,卡特跟在他后面。他在前门处停下了脚步,看了小个子男人一眼,"我应不应该——"

"开门吧,"卡特显得很紧张,"我们直接进去。这样更安全。"

弗兰克林抬起了手。前门响起"咔嗒"一声脆响,门上的摄像头给他拍了张照片,进行头像比对。弗兰克林在心中默默祈祷。如果净化局的警报已经传到这么远——

前门消融了。

"进屋。"卡特立即说。

弗兰克林进了屋,大厅内光线昏暗。他向四周看了看,然后眨了眨眼睛,适应昏暗的环境。有人向他走了过来。一个纤弱的身影快步无声地走了过来。他会是瓦尔多吗?

走进大厅的是一个四肢细长、脸色蜡黄的年轻人,他的脸上挂着僵硬的微笑。"早上好,弗兰克林博士。"他说完,举起莱姆枪,扣动了扳机。

卡特和欧内斯特·阿博德低头看向不成人形、往外渗血的尸体——片刻之前,这还是弗兰克林博士。两人都沉默不语。最后,卡特举起手,他的脸上血色尽褪。

"非得如此吗?"

阿博德这才察觉到卡特的存在,改换了站姿。"为什么不呢?"他耸了耸肩,将莱姆枪指向卡特的腹部,"他是个老头,就算进了保监营,也活不久。"

卡特掏出香烟盒,缓缓地抽出一根香烟点燃,他的目光始终停留在年轻人的脸上。他从没见过欧内斯特·阿博德。但他知道阿博德的身份。他看着脸色蜡黄的年轻人无聊地踢着地板上的尸体。

"这么说来,瓦尔多是心感人?"卡特说。

"是的。"

"弗兰克林想错了。瓦尔多完全明白自己的法案会带来什么后果。"

"当然!《反豁免法案》是我们的事业不可分割的一部分。"阿博德摆了摆枪口,"摘下你的头环。我没法扫描你——这让我觉得不舒服。"

卡特迟疑了。他将香烟扔在地板上踩灭,若有所思地说:"你来这里干什么? 你们通常不是在纽约活动吗? 纽约到这里的距离可不近。"

阿博德笑了,"弗兰克林博士上了那姑娘的车后,我们成功抓到了他的思绪——在她给他头环之前。她给得太晚了点儿。我们捕获了她清晰的形象——当然,是从后座看到的背影。但当她扔头环给弗兰克林时,把头转了过来。两个小时前,思想净化局逮捕了她。她知道大量的信息——我们首次真正地接触到了你们。我们确定了工厂的具体方位,工人被一网打尽。"

"是吗?"卡特喃喃道。

"他们现在全关在保监营。他们的头环和等待分发的库存头环一并被没收。压模机被拆除。就我所知,我们抓获了你们所有人。你是最后一个。"

"那么,我戴不戴头环又有什么关系呢?"

阿博德的眼睛快速转了转,"把它摘下来。我要扫描你——头环制作者阁下。"

卡特咕哝了一句:"你什么意思?"

"我们扫描了你的几个手下,获取了你的样貌——以及你来这里的细节。我只身来此之前,通过我们的互传网络,预先通知了瓦尔多。我想亲自会会你。"

"为什么?"

"这是一个仪式,一个意义重大的仪式。"

"你担任的是什么职务?"卡特质问道。

阿博德蜡黄色的脸狰狞无比,"别磨蹭!摘掉你的头环!我现在就可以把你轰成碎片。但我想先扫描你。"

"好吧。我这就摘下头环。你可以扫描我,如果你愿意的话。从上到下扫描个遍。"卡特打住了,严肃地思考了一下,"这将是你的葬礼。"

"你什么意思?"

卡特摘下头环,将它甩到了门边的一张桌子上,"怎么?你看见了什么?有什么东西我知道——**而其他人不知道吗?**"

阿博德沉默了。

突然,他的脸抽搐成一团,嘴巴一张一合,手中的莱姆枪摇摆不定。阿博德趔趄了一下,剧烈的颤抖传过了他四肢细长的小身板。他张目结舌地看着卡特,脸上被越来越浓的恐惧笼罩。

"我也是最近才得知的,"卡特说,"在我的实验室里。我本不想使用它——但你强迫我摘下头环。我一直认为,头环合金是我最重要的发现——直到我发现了这件事。从某些方面来说,这甚至更为重要。你不同意吗?"

阿博德一言不发,他的脸呈现出病态的死灰色。他的嘴唇动了动,但没发出声音。

"我早有预感——尽管可能不准确,但我相信自己的预感。我知道你们心感人是唯一一个群体——马达加斯加氢弹爆炸案受难者的后代。这让我有了一个想法。我们所知的大多数突变体,普遍是在原生物种整体进化到突变阶段时出现的。突变不会在单一区域的单一群体中出现。世界范围内,有物种存在的地方,莫不如此。

"你们是原生质基因受到损害的单一特定群体的产物。如果说你们代表了进化过程的自然发展,从这个方面来看,你们算不上突变体。因为不论从哪个方面来看,人类都并未进化到突变阶段。所以,你们或许不是突变体。

"我开始做调查,一些涉及生物学,一些仅仅是统计数据,一些是社会学研究。我们开始汇总你们的真实信息——具体到了我们能探明的心感人群体中的每一个成员。你们的年龄,你们的谋生手段,有多少人结婚了,你们的后代数量。没用多久,我便发现了一条确凿信息——想必你此时也在扫描这条信息。"

卡特凑到阿博德身前,目不转睛地注视着这个年轻人。

"你不是真正的变种人,阿博德。你们的群体之所以出现,是因为一次意外的爆炸事故。你们有别于我们,是因为你们父母生殖细胞的基因受过损伤。你们缺乏真正突变体具有的一个特性功能。"卡特的嘴角勾起一丝笑意,"你们之中的很多人已结婚,但从未听闻有谁生育过。一次生育都没有!心感人连一个后代都没有!你们无法繁育,阿博德。你没有生育能力,所有的心感人都没有。你们过世后,心感人将不复存在。"

"你们不是变种人。你们是一群畸形儿!"

阿博德全身发抖,声音嘶哑地低吼道:"我看到了,在你的脑海里。"他勉强定下神来,"你没泄露过这个秘密,对不对?只有你一个人知道?"

"还有人知道。"卡特说。

"谁?"

"你知道。你扫描了我。既然你是心感人,那么所有其他的——"

阿博德发狂似的将莱姆枪深深地杵在自己的腹部,扣动了扳机。他被炸成千万碎片,纷纷扬扬地落了下来。卡特捂住脸,向后退去。他闭上眼睛,屏住了呼吸。

当他睁开眼睛时,阿博德已经消失了。

卡特摇了摇头,"太迟了,阿博德。你的动作不够快。扫描是即时的——而瓦尔多在范围之内。通过心感人的互传网络……而且即使他们没收到你扫描出的信息,他们也会继续扫描我。"

身后有声响,卡特转过身。净化局的特工快速冲入大厅,他们低头看了看地板上的尸骸,又抬头看了看卡特。

罗斯惊疑不定看着卡特,"这里发生了什么? 哪儿——"

"扫描他!"彼得斯大声喝令道,"马上找个心感人进来。把瓦尔多带进来。查明发生了什么。"

卡特露出讥讽的笑容,点头道:"悉听尊便。"他的身心全部放松了下来,"扫描我吧,我没有什么可隐瞒的。找个心感人进来做探查——如果你们能发现任何……"

(肖钰泉　译)

第八梦

福斯特，你死定了

FOSTER YOU'RE DEAD

【导读】

剧集:《安然无恙》　　原作:《福斯特,你死定了》

编剧:卡伦·伊根　特拉维斯·森特尔

"菲利普·迪克在逝世将近二十五年后,介绍我们结识了对方。"

如同菲利普·迪克许多小说的开场白一样,这句似乎不可思议却完全正确的话,预示着一段漫长离奇旅程的开始。我(嗨,我是特拉维斯)当时正准备从一家总部位于洛杉矶,代理PKD遗产的文学经纪公司离职,而我(嘿,我是卡伦)当时正需要参加新职位培训。很快,我们就因对书和电影,尤其是对菲利普·迪克的共同喜爱而紧紧地联系到了一起。不久后,我们开始一起合写电影剧本。

在与菲利普·迪克的作品亲密无间地打了差不多十年的交

道后，我们认识到，与大众对他的描述相反，PKD并不是什么直通未来的神奇预言家。现今他之所以会被这么看待，只不过因为驱动他创作的难题——何以为人？何为真实？——涉及了生命的核心。他将科幻小说当作自己的私人实验室，一遍一遍地测试人性和现实的极限，看它们在何处会断裂，又在何处牢不可破。因为这些核心难题既能引发永恒的遐想，又根本没有完美的答案，所以直到今天，菲利普·迪克的作品仍和六十年前一样真实而深刻，再过六十年也依然会如此。

《福斯特，你死定了》也不例外。这部作品首次发表于1955年，表面上讲述了冷战焦虑。这故事给我们的最初印象，就像是一份关于大公司如何利用青少年焦虑来谋利的调查报告，笔调诙谐而辛辣。但隐藏在对社会现象的评论之下，我们看到的是对人类和人类关系极度真实的还原。文中的父亲和儿子都异常真实，他们在那个不公平的世界中的所作所为相当可信且令人动容。这对父子因为思想观点上的不可调和——父亲，拼了命地不向社会压力低头；儿子，则不顾一切地顺应社会——导致父子关系四分五裂。我们理解这种境遇。我们认识这样的人。也许我们就是他们，或许曾经是，可能以后是。如同迪克的大部分作品，《福斯特，你死定了》告诉我们，确保安全比苟延残喘重要得多。它告诉我们，种族本能有可能会超越血脉亲情；消费品既可以赋予文化认同感，也可以补充文化，甚至保护文化；而要想让青少年走出他们的温室，需要的不仅仅是几句简单的安慰。小说中很多地方让人感觉贴切，因为那份冲动和情感是那么令人熟悉。

我们为《电子梦》改编剧本时，正值特朗普搭乘美国民粹主义的浪潮，参加选举，扶摇直上之时。我们发现自己至少有好几次不由自主地产生了共鸣：对国外入侵者带来的文化的恐惧、对个人安全的担忧、对失去文化地位的假想、对代际意识形态差异的忧虑……每次新闻播报，都会对改编中的剧本产生意想不到的新震荡，我们并未对任何新闻进行评述，但所有这些震荡却都成了剧本中不可分割的一部分。当然啦，事实就是如此——菲利普·迪克的作品将永远意义深远，因为他把世界和周遭的人看得如此透彻。他思考和描写人性时是如此的准确非凡。虽然外部环境变幻不停，但人类的根本特性却总是那么可怕又美妙地停滞不变。在PKD的世界里，有嬉笑怒骂大行其道，也有同情怜悯不遑多让，这对冤家携手并行，互相扶持，相互争斗，谁也不让谁。

当然，他将所有这些都悄悄藏在了一本本科幻小说的伪装之下，引诱着我们相信，也许这全部只是幻想。只等我们读完小说全文，再看一眼周围的世界，这才恍然大悟：原来文中所写全都是真的。

特拉维斯·森特尔(Travis Sentell),纪实传记《自由的阴影下》及小说《液体》的作者。他的短篇小说发表在不计其数的杂志和文学刊物上。

卡伦·伊根(Kalen Egan),从2007年至今在ESP公司[①]工作。他担任了亚马逊原创连续剧《高堡奇人》的联合监制,以及《电子梦》的剧集监制。

(肖钰泉　译)

[①] Electric Shepherd Productions,电子牧羊人制片公司。创立于2007年,致力于管理和改编PKD的文学作品。公司经营者及所有者为PKD的女儿,伊萨·迪克·哈克特。

福斯特,你死定了

　　上学就是活受罪,一贯如此。只不过今天更糟。迈克·福斯特编完了他那两个密不透风的篮子,直挺挺地坐好。周围的其他孩子还忙碌不休。钢筋水泥的建筑外面,傍晚的阳光显得有些清冷。秋高气爽,山丘上洋溢着绿色和棕色。有几架NATS(北美地区防卫军)的战机懒洋洋地盘旋在镇子上空。

　　老师卡明斯夫人肥胖的身形正阴森森地向他的桌子逼近,"福斯特,你弄完了吗?"

　　"是的,老师。"他急切地回答,双手捧起两只篮子,"我可以走了吗?"

　　卡明斯夫人挑剔地检查他的篮子。"那你的捕兽夹模型呢?"她追问。

　　他在书桌里掏摸了一番,取出复杂的小型捕兽夹,"都完成了,卡明斯夫人。我的小刀也磨好了。"他向老师展示剃刀一样锋利的小刀,那是他用废汽油桶碎片做的,那片金属闪闪发光。老师拿起那把小刀,将信将疑地用一根手指熟练地测试它是否锋利。

"硬度不够。"她宣布,"你把它打磨过头了。这样的话,只要使用一次,刀就会变钝。你去武器制作部的主实验室好好看看他们那边的样品。他们打磨得比较适度,刀刃还有适当的厚度。"

"卡明斯夫人,"迈克·福斯特哀求说,"我能不能明天再纠正这个错? 求您了,我现在就想离开。"

班里所有人都在饶有兴趣地旁观。迈克·福斯特涨红了脸。他痛恨独树一帜、引人注目,但他必须离开。他没法儿在学校里多待一分钟。

卡明斯夫人不为所动,低沉地说:"明天是挖掘课。你不会有时间改造你的小刀的。"

"我会挤时间。"他马上向老师保证,"等到完成挖掘课任务之后。"

"不行,你没那么擅长挖掘。"老女人打量着男孩瘦弱的四肢,"我认为,你最好今天就完成小刀,明天所有的时间都在地里练习挖掘。"

"掘地能有什么用?"迈克·福斯特质疑道,他已经不抱什么希望了。

"每个人都要懂得如何掘地。"卡明斯夫人耐心地回答。周围的孩子们都在轻声讪笑，她狠狠扫视一周，让他们闭了嘴，"你们都知道挖掘的重要性。战争一开始，地面上会堆满废墟和垃圾。如果我们想要生存，就要会挖掘，对不对？你们有没有人看过金花鼠围着植物根系挖掘呢？金花鼠知道，它会在地下的某处发现有价值的东西。我们所有人都要像棕色的小金花鼠一样。我们要学会如何在废墟中挖掘，找到下面的好东西，因为好东西一定在地底。"

迈克·福斯特难过地坐下，手里摆弄着他的小刀。卡明斯夫人离开他的座位，继续沿着过道巡视。有几个孩子轻蔑地对他笑，但没有任何人能让他的坏心情进一步恶化。挖掘技能不会对他有任何帮助，等到炸弹落下来，他肯定当场就会被炸死。他胳膊、大腿和屁股上扎过的所有疫苗，到时候都不会有一点儿用处。他白白浪费了自己的零花钱。迈克·福斯特活不到被细菌性传染病感染的时候。除非……

他跳起来，尾随卡明斯夫人到她的办公桌前。在极度的痛苦跟绝望中乞求说："求您了，我今天必须走。我有不得不做的事。"

卡明斯夫人干涩的嘴唇愤怒地扭曲起来，但男孩眼睛里的那份恐惧感染了她。"出了什么事?"她问,"你身体不舒服吗?"

男孩呆若木鸡地站着,不知该怎样回答她。这出好戏让班里的同学看得很过瘾,大家交头接耳、喜笑颜开,直到卡明斯夫人用笔重重地敲击桌子。"安静。"她厉声说。然后她的语调略微温柔了一点儿,"迈克尔,如果你有什么不舒服的地方,就下楼到心理诊所去。如果你的内心不安,就没有必要继续工作。格罗夫斯小姐会乐于开导你的。"

"我没有。"福斯特说。

"那你怎么回事?"

班里躁动起来。好多人在替福斯特回答。因为屈辱和难过,他的舌头打结,说不出话。"他爸爸是反备战主义者。"好几个人解释说,"他家都没有地下掩体,而且他也没有在民用备战设施那里注册。他的父亲甚至没有给NATS捐过钱。他们家什么贡献都没有做过。"

卡明斯夫人惊异地看着默不作声的男孩,"你家真的没有掩体吗?"

他摇头。

女人心里被一种奇怪的感觉填满。"但是……"她欲言又止。但是你如果一直留在地面,只有死路一条。她想了想,改成了:"但是,你能躲到哪里去呢?"

"无处躲藏。"旁边那些同学小声地替他回答，"其他人都会躲藏到地下掩体里，而他只能留在地面上。他甚至没有进入学校掩体的许可。"

卡明斯夫人感到震惊。以她墨守成规的学者型思维方式，她认定所有学生都有权进入教学楼下复杂的地下避难区。但显然不是。只有那些参与了社区防御计划，为社区军备事务捐过钱的人的孩子才能进入地下掩体。如果福斯特的父亲是反备战主义者……

"他害怕坐在这里。"周围的声音平静地解释说，"他害怕自己坐在教室里的时候发生战争。其他人都能安全地躲进地下掩体里去，而他……"

他缓步沿街游荡，两手深深地插进衣兜，踢飞人行道上的黑色小石子。太阳正在落山。疲惫的人们正从狮鼻型通勤飞船上走下来，因为从西边一百英里的工厂回到了家而倍感愉快。远山上有某物闪亮：那有一座高耸的雷达站，正在夕阳下无声地旋转。头顶盘旋的北美防卫战机数量有所增加。黄昏这几个小时是最危险的。假如有导弹袭来的话，这时视觉监测系统很难发现贴地飞行的高速导弹。

一台新闻播报机向途经的他大声喊叫。战争、死亡、本国和国外开发出的惊人的新型武器。他垂下头，继续向前走。经过那些被用作住房的小小水泥屋——它们的样式整齐划一，像是加固过的坚实碉堡。在他前面，明亮的霓虹信号灯在夕阳的余晖下闪烁着——那里是城市商业区，到处是车辆和忙碌的人群。

在距离霓虹灯闪烁的区域还有半个街区的地方，他停住了脚步。他的右边是一座公共避难所，一条幽暗的、隧道一样的入口处，竖立着暗色的自动旋转门。门票五十美分。如果他在这里，在大街上，而且还有五十美分，他就会没事。在备战演习时，他曾多次挤到公用掩体中。然而在那些总是缠着他的可怕噩梦中，他没有那五十美分。他瑟瑟发抖地呆立着，任由别人慌乱地从他身边挤过。四处警笛嘶鸣不息，他却无处藏身。

他继续缓步向前，直到进入最耀眼的光芒下。那里是通用电气公司的豪华展销大厅，它足有两个街区大小，是一个巨大的广场，被单色的光照得通明。他停下来，第一百万次细看那些令人惊叹的东西。他每次经过这个展位，注意力都会被吸引。

巨大展厅的中央，是一件单独展示的展品。那是一台精密的有规律运动着的机械设备，配有支撑架支持管线、桁条、壁壳和密封闸门。所有的灯光都会聚在它上面。巨大的信息牌列举了它的一百〇一条优点，没有任何人会质疑它的品质。

1972年新款防弹防辐射地下掩体隆重面世！敬请了解产品以下优点：

◇ 全自动升降电梯——防卡、自驱动、易密封

◇ 三层外壳，能承受五个G的重力，保证不变形

◇ 原子能加热系统、保鲜系统——附自动空气净化网络

◇ 食物及用水三重去污系统

◇ 配备针对前期烧伤的四重防感染处理装置

◇ 能够全面抗菌

◇ 可分期付款

他长时间凝视那座掩体。它基本上就是一个大铁箱，一端是狭长的管道，那是下降入口，另一端有紧急逃生舱口。它完全自给自足：是个微缩的小世界，能自己提供照明、热量、空气、水、药物和几乎食用不尽的食物。如果配备齐全，里面还会有录影带和音频磁带、娱乐设施、床、椅子、屏幕——地面上普通住宅里有的一切。实际上，它就是个位于地下的房子。不管是日常必需品还是娱乐用具，它应有尽有。哪怕是面临最严重的氢弹或细菌喷雾袭击，一家人也能在里面安全甚至舒适地待着。

它的价格是两万美元。

就在他呆呆凝视那套巨大展品时，有一名销售员出了店门，

来到幽暗的人行道上。他想去一趟旁边的咖啡馆。"嗨,孩子,"他经过迈克·福斯特身边时,随口问了一句,"我们的产品不赖吧?"

"我能进那里面看看吗?"福斯特忙不迭地问,"我能不能下到掩体里面去?"

销售员停住了脚步,认出了那孩子。"你就是那个破孩子。"他缓慢地说,"常常来烦我们的那一个。"

"我就是想进里面去看一看,几分钟就好。我不会弄坏任何东西——我保证。我甚至可以不碰任何东西。"

那名销售员是个年轻的金发小伙儿,二十出头,长得很帅。他犹豫了一下,内心很矛盾。这孩子相当讨厌。但他毕竟有家长,他说不定能够促成交易。现在生意不好做,时间已经是九月底,但季节性销售低谷还没有过去。如果让这孩子四处兜售看到的新鲜玩意儿,并不会带来实际上的利润;而且从另一方面说,鼓励小崽子们爬进精密设备到处乱摸,也不是什么高明的营销手段。他们会浪费时间,会搞坏东西,要是不当心,他们有时还会偷走一些小物件。

"没门儿。"销售员说,"听着,你可以叫你老爸来这里看看。他看过我们的样品吗?"

"看过。"迈克·福斯特紧张地说。

"那他还在犹豫什么？"销售员夸张地向亮闪闪的样品挥手示意，"我们会提供慷慨的以旧换新交易，当然要将折旧和磨损考虑进去。他原来的掩体是什么型号？"

"我们家没有任何掩体。"迈克·福斯特说。

销售员眨眨眼睛，"你说啥？"

"我爸爸说，买那些都是浪费钱。他说那些人只是在恐吓大家，让人买下根本不需要的东西。他说——"

"你爸爸是个反备战分子？"

"是的。"迈克·福斯特郁闷地回答。

销售员长出一口气，"好吧，孩子。抱歉我们之间是没什么生意可做了。但这不怪你。"他停顿了片刻，"你爸他有什么毛病吗？他总该加入了北美地区防御计划吧？"

"也没有。"

销售员轻声咒骂。这是个投机者，占着别人的便宜。他之所以安全，是因为社区里的其他人交出了百分之三十的收入，让防御体系得以持续运营。每个镇子总有这么几个不自觉的败类。"你妈妈是怎么想的？"销售员问，"她也跟他持一样的立场吗？"

"她总说……"迈克·福斯特没有继续说下去，"我能不能就进去一小会儿？我不会弄坏任何东西。一次就好。"

"要是我们放小孩子进去乱窜，怎么可能再卖得掉它？我们可不想把它当成样品打折出售——我们以前已经有过太多这类惨痛经历了。"销售员的好奇心被勾了起来，"怎么会有人成为反备战分子？他是一直都那样，还是受了什么刺激才变成那样？"

"过去他们卖给人们汽车、洗衣机、电视机这些东西，大家都用得上。但NATS和掩体却没啥实际用处，所以人们永远都觉得缺点儿啥。工厂可以一直不停地生产枪和防毒面具，而只要人们心存恐惧、怕死，就永远都会为这些东西买单。因为他们觉得如果不买，就可能会没命。人们可能会受够了每年买一辆新车，因而不再更换车辆，但为了保护自己的孩子，倒是可以一直购买新型掩体。"

"你相信这些吗？"销售员问。

"我希望我们有那台掩体。"迈克·福斯特说，"要是我们家有那样一座掩体，我会每天下到里面睡觉。一旦我们有需要，它就能派上用场。"

"也可能不会爆发战争。"销售员说。他感觉到了男孩的痛苦和恐惧，对他露出个和善的笑容，"你也不用老是担心。你很可能看了太多录像带。平时多出去玩玩，换换心情。"

"地面上，谁都不安全。"迈克·福斯特说，"我们必须躲到地下，而我没地方可去。"

"你还是叫你老爸来吧。"销售员不耐烦地咕哝道，"也许我可以说服他。我们有好多种分期付款计划。告诉他找比尔·奥尼尔，好吗?"

迈克·福斯特走开了，在夜幕下的马路上闲逛着。他知道自己本应该到家了，但他步履沉重，身子也迟钝乏力。这种疲惫感让他想起昨天田径教练在运动练习时说过的话。他们当时在练习憋气，深吸一口气然后开始跑。他表现很差，别人还在涨红了脸跑步时，他就已经憋不住，喘息着停住了。

"福斯特，"教练生气地说，"这样你就死了。你明白吗? 如果碰到毒气袭击……"他疲倦地摇摇头，"你到旁边自己练练去吧。想活命的话，你得表现得更好些。"

但他本来就没想过自己能活命。

当他踏上自家门廊，发现客厅的灯已经点亮。他能听见父亲的声音，隐约也能听到母亲从厨房传来的声音。他进入房子，反手关门，然后开始脱外套。

"是你吗?"他爸爸问。鲍勃·福斯特瘫坐在椅子上，膝头堆满了他的家具零售店的胶带和财务报表。"你跑哪儿去了? 晚饭都做好半个钟头了。"他脱掉了外衣，卷起衬衫衣袖。他的胳膊苍白纤细，但肌肉发达。他累了。他的眼睛大而黑，头发日渐变得稀疏。他不安地挨着翻检胶带。

"对不起。"迈克·福斯特说。

父亲看了一眼怀表——他肯定是世上唯一还带怀表的人了。"去洗手。你到底去干吗了?"他审视儿子,"你看起来好奇怪。没觉得不舒服吧?"

"我去过城区。"迈克·福斯特说。

"你去那儿干什么?"

"看地下掩体。"

父亲没说话,抓起一把财务报表,塞进文件夹里。他薄薄的嘴唇紧抿,额头上刻着深深的皱纹。胶带掉落在地上,滚得到处都是,他气愤地哼了一声,艰难地弯腰去捡。迈克·福斯特也没帮他的意思,而是穿过房间,走到衣柜前,把外套挂在衣架上。等他回头,发现母亲正在把摆满食物的小桌推进餐厅。

全家人默不作声地吃饭,眼睛盯在食物上,避免眼神交流。终于父亲开口说:"你看了什么?还是从前那些旧货色,我估计。"

"已经有新的了,72型。"迈克·福斯特说。

"它跟71型完全一样。"他父亲狠狠地一扔叉子,叉子插进了桌面。"增加些小配件,多镀层铬。然后就完了。"他突然不屑地看着儿子,"是这样吧?"

迈克·福斯特可怜巴巴地摆弄着奶油鸡块,"新的型号配有防卡下降梯,你不会在进入掩体的半路上就被困住。你只需要躲进去，其他事交给它就可以了。"

"明年的新款就能主动接上你，送你到地下了。只要人们买下今年这台，它马上就会成为过气产品。这就是他们想要的结果——他们尽可能快地推出新款，就是想让你时刻不停地买买买。现在还没到1972年，还只是1971年而已。那东西怎么就已经摆出来了？他们不能等等吗？"

迈克·福斯特没回答。这些话他已经听过太多次了。从来没有真正意义上的新品，只是加了点儿配件，多镀了层铬，但不管怎样，旧款还是会被抛弃。父亲争辩起来总是声音巨大、情绪激动，几乎算得上是状若疯癫，但却总说不到点子上。"那我们就去买个旧款好了。"他脱口而出，"我不在乎，随便哪一款都行。就算二手的也成。"

"不对，你想要的是最新款。崭新的、闪亮的，能在邻居面前炫耀的那种。好多拨盘、旋钮和附加设备。他们想卖多少钱？"

"两万美元。"

父亲长出了一口气，"就那么个破玩意儿。"

"他们能分期付款。"

"当然。你可以用余生还清欠款。加上利息、服务费，这东西保修期多久？"

"三个月。"

"那它坏掉了怎么办？只要三个月时间一到，它就会停止净化和除菌，甚至彻底坏掉。"

迈克·福斯特摇摇头，"不会。它又大又结实。"

父亲涨红了脸。他个子矮小，又瘦又轻，看起来骨头一捏就碎。他突然回想起自己这辈子那些没用的抗争，他一路艰难挣扎，小心翼翼地收集和守护那点微不足道的东西，工作、钱、零售店。他是零售店的财务、经理，还是老板。"他们是在恐吓我们，以维护社会的发展。"他绝望地对着妻子和孩子喊叫，"他们只是不想再出现大萧条。"

"鲍勃，"他的妻子缓慢而平静地说，"你不能再这样子。我已经受够了。"

鲍勃·福斯特眨眨眼。"你在说什么？"他嗫嗫地说，"我累了。这些该死的税。现在小零售店难以为继，没办法跟那些大型连锁店竞争。真该有个保护我们的法律。"他的声音越来越小，"我吃饱了。"他把椅子从桌边推开，站了起来，"我要去沙发那里躺一会儿，打个盹儿。"

他妻子消瘦的脸颊上浮现出愤怒的神色，"你必须买一台！我受够了他们议论我们的样子。邻居、生意人，我们认识的所有人都对我们指指点点。我不管去哪儿，干点儿什么，都会听到别人的闲话。这种情况自他们发明了那个词——'反备战'——就开始了。你已经是城里仅剩的反备战分子。那些产品在城里流通，所有人都在为备战付钱，只有我们家例外。"

"不。"鲍勃·福斯特说，"我还是不能买。"

"为什么不行？"

"只因为，"他直截了当地回答，"我买不起。"

全家人陷入了沉默。

"你把所有希望都寄托在那家店上。"露斯最后说，"但它还是每况愈下。你这收藏癖就跟那种喜欢在墙上的小洞里囤积各种东西的耗子似的，但现在早就没人想要实木家具。你已经落后于时代——成了一件老古董。"她用力拍桌。桌子猛地一跳，像受惊的动物似的，然后它立马开始自动收拣空盘，快速离开房间，逃回了厨房。当桌子逃跑时，它配有的洗涤缸已经开始洗碗了。

鲍勃·福斯特疲惫地叹口气，"我们还是不要吵了。我要去客厅，请让我先睡一个多小时。也许我们可以晚些时候再谈这件事。"

"你永远都说'晚些时候'。"露斯抱怨道。

她的丈夫离席去了客厅。那是一个瘦小的、佝偻的身影，稀疏的头发已经变得灰白，突出的肩胛骨像是一对折断的翅膀。

迈克站起来。"我去做作业了。"他说。男孩跟在父亲后面离去，脸上带着怪异的表情。

客厅很安静。视频机已经关闭，照明灯光也调得很弱。露斯在厨房里给烹饪炉设定下个月的食谱。鲍勃·福斯特仰躺在沙发上，他的鞋子已经脱掉，头枕在抱枕上。面容憔悴苍白。迈克犹豫了一会儿，然后说："我能问你件事儿吗？"

他的父亲呻吟着动了一下，张开眼睛，"什么事？"

迈克坐在他对面，"再给我讲讲你给总统提建议的事儿吧。"

他的父亲坐起来，"我没给总统提过什么建议，我只是跟他说了几句话而已。"

"反正给我讲讲吧。"

"我都跟你讲过一百万遍了。从你还是婴儿开始，每过一段时间都要讲一遍。那个时候你也在场呢。"他回想起往事，语调也变得柔和起来，"你当时才刚开始学走路，我们得抱着你。"

"他长什么样子？"

"嗯，"他的父亲开始讲述，不自觉地用了已成套路的开头，"他看起来跟荧幕上的形象差不多，只不过个头要矮一点儿。"

"他来我们这里干什么？"迈克急切地追问，尽管他早就熟知了所有细节。总统是他的英雄，是这个世界上他最敬佩的人。"他为什么大老远来到我们的小城？"

"他在巡视。"父亲的语气中添加了几分苦涩，"只不过是碰巧经过这里。"

"什么样的巡视呢？"

"遍访全国城镇。"父亲的语调越来越严肃，"看看我们过得怎么样。看看我们有没有花钱配置足够的北美地区防御系统、防弹掩体、防疫注射剂、防毒面具和雷达网络，做好了应对攻击的准备。当时，通用电器公司才刚开始建设他们的展厅和产品演示区——一切都亮丽夺目，而且昂贵。那些是首批家用防卫设备。"他撇撇嘴，"所有产品均能分期付款。到处都张贴着广告、海报，灯光炫目，还为到场女士免费提供栀子花和甜品。"

迈克·福斯特的呼吸变得急促了起来，"就是那天，我们得到了备战旗。"他急切地说，"就是那天，他把旗帜授予了我们。他们把它升上市中心的旗杆，每个人都在欢呼。"

"你记得这些吗？"

"我……大概记得。我记得当时的人群和声音。天很热。那是六月份，对吗？"

"6月10日，1965年。场面很是壮观。当时还没有多少城镇得到那面绿色大旗。人们还忙着购买汽车和电视机，他们还没发觉，那样的时代行将终结。电视机和汽车都是实用性的商品，不管是生产还是销售，数量都是有限的。"

"他把那面旗子授予了你，对吗？"

"这个嘛,那面旗子是授予我们所有商店业主的。这是商务部安排的活动。让各个城镇互相竞争,看哪里能又多又快地购买那些备战的玩意儿。想用这个方法来推动城镇发展,刺激消费。当然,他们的说法是,如果防毒面具和掩体是我们自己购买的,我们就会更精心地维护它们。就像我们平时会肆意破坏公用电话和人行道似的。还有公路,它们不也是州政府兴建的嘛。至于军队,也是一样。军队不是一直都有吗?以前都是政府征召组织民众作为防卫力量?我猜测,应该是军费开支太庞大了。我想他们用这种办法减少了国债,省了不少钱。"

"告诉我,他当时说了什么。"迈克·福斯特小声说。

他的父亲摸出烟斗,颤抖着点着,"他说:'这是你们的旗子,小伙子们。你们干得不赖。'"鲍勃·福斯特被呛到了,浓烈又刺鼻的烟涌上他的喉头,"他面色红润,皮肤晒得黝黑,表情自然放松。他虽然大汗淋漓,但保持着笑容。他知道如何在公众面前表现自己。他记得很多人的名字,能讲很多好玩的笑话。"

男孩的眼睛瞪得好圆,满是敬仰,"他大老远来到了这里,而你还跟他说过话。"

"是啊,"他的父亲说,"我是跟他说过话。当时周围的人都在喊叫、欢呼。巨大的绿色备战旗正缓缓升起。"

"当时你说……"

"我对他说：'你就给我们带来这么个破玩意儿吗？一块绿布头？'"鲍勃·福斯特猛抽一口烟，"就是那时，我成了一名反备战主义者。只是当时，我还不知道。我只知道除了那块绿色布头，我们只能全靠自己了。我们本应该全国一心、全民一致，一亿七千万人同心协力，保卫我们的家园。相反，我们现在成了一堆各自为战的小城镇，筑起一座座拥有城墙的堡垒。我们回到了中世纪，各自征召军队……"

"总统还会再来吗?"迈克问。

"我觉得不会。他那次……也只是路过。"

"要是他再来，"迈克紧张地小声说，不敢怀有丝毫希望，"我们能去看他？我们能去见他吗？"

鲍勃·福斯特坐直了身子。他裸露在外的胳膊骨感苍白，瘦削的脸上满是疲惫，还有一份解脱，"你看到的那个破玩意儿卖多少钱?"他哑着嗓子问，"我是说，那个防弹掩体?"

迈克的心跳骤停，"两万美元。"

"今天是周四。周六我就带你和你妈去那里。"鲍勃·福斯特磕了磕烧了一半、还在闷燃的烟斗，"我会用分期付款买下它。秋季消费高峰就要到了。我通常会在这段时间多赚些钱——人们会买木制家具作为圣诞节礼物。"他突然从沙发上站起来，"就这么说定了?"

迈克说不出话来，只能点点头。

"好啊。"父亲用那种透着绝望的轻快语调说，"你不用再去店里，隔着橱窗看人家的样品了。"

掩体安装好了——需要额外支付两百美元。手脚麻利的安装工人身穿棕色外套，背上绣着"通用电气"标志。安装完成后，后院很快恢复了原状。泥土和灌木都被回填，地面也被整平，账单也被人恭恭敬敬地从门底下塞了进来。已经空了的笨重运货车隆隆驶离街道，街区恢复了宁静。

迈克·福斯特和他的妈妈，还有一群满脸艳羡的邻居一起站在房后走廊上。"现在好了，"卡莱尔太太终于打破沉默，"你们有了掩体，而且是最好的那种。"

"可不。"露斯表示同意。她当然注意到了周围的人群，家里已经很久没有同时出现过这么多人了。她枯瘦的身体里充满了一种阴暗的满足感。她对这些人充满了怨愤。"以后不一样了。"她厉声说道。

"是啊，"同一条街上的道格拉斯先生附和道，"现在你们有地方可躲了。"他手里拿着工人们留下的厚厚一本说明书，"这里面说，你们可以在掩体里存放一整年的给养。可以在下面生活十二个月，期间一次都不用返回地面。"他羡慕地摇摇头，"我那套还是

69型,老款了,只能支持六个月而已。我想,或许——"

"那套对我们来说也还够用。"他的妻子打断他,但语气中还是透出了一份掩饰不住的向往,"我们能下去看一眼吗,露斯？你们都已经准备好了,对吧？"

迈克喉咙中发出了"哼"的一声冲到前面。他的妈妈露出理解的笑容,"他必须第一个下去。第一个参观的只能是他——你们知道的,这东西就是为了他买的。"

一众男男女女抱着双臂,站在九月的凉风里,等待着,观望着,看那男孩走向掩体那狭长的管道,停在几步之外。

他小心翼翼进入掩体,不敢碰任何地方。狭长的入口当然足够容纳他,那本来是给成年人设计的。下降梯感觉到了他的重量,开始下沉。伴随着让人屏息的"嗖"的一声,它就已经沿着漆黑的管道降到了掩体内部。电梯重重撞在缓冲垫上,男孩笨拙地从里面爬出来。电梯迅速升回地面。同时,一段坚不可摧的塑钢活塞堵在了那狭窄的接入口中,将掩体的地下部分密封。

他周围的灯自动亮起来。掩体内还空空的,补给品还没运送下来。空气里弥漫着清漆和机油味儿;在他脚下,发动机正微微颤动着。他一到来,空气净化和污染清除装置就启动了。在雪白的水泥墙上,仪表和拨盘突然开始运转。

他盘膝坐在地板上,一脸严肃,瞪大眼睛环顾。除了发动机,周围没有任何声响，上面的世界已经被完全隔离。他身处一个小小的、自给自足的宇宙中；这里有他需要的一切，或者说很快就将有了——食物、水、空气、休闲活动。什么都不缺。他需要的一切，全都唾手可得。他可以永远待在这里，度过每时每刻，不再提心吊胆。在这里，万事俱备，应有尽有。什么都不缺，也什么都不用怕，只有发动机在他脚下轻响。光秃秃的简陋墙面，将他四面包围。墙面微微有些温热，但完全不烫人，这里就像是一个培养皿。

他突然开始放声大叫，响亮的欢呼声在墙壁之间回荡。他几乎要被回声震聋。他紧紧闭上眼睛，握紧拳头，心里充满了喜悦。他再次呼喊，任由声浪席卷他。他的声音被周围的墙壁加强，近在耳旁，显得无比猛烈有力。

第二天上午，他还没到学校，消息就已经在孩子们中间传开了。他出现时，大家纷纷向他打招呼。所有人都笑着，彼此推挤着。最后是厄尔·彼得斯问道："你家真的买了一套新的通用电气S-72型掩体吗？"

"是的。"迈克回答。他的心里充满了安宁和自信，这是他从来没有过的感觉。"有空来我家吧，"他尽力装作轻描淡写的样子，"我可以带你们去看它。"

他继续向前走，但留意到了同学们羡慕的眼神。

"那么，迈克。"放学时，卡明斯夫人对要离开教室的他说，"感觉怎么样？"

他停在老师的讲桌前面，害羞，但充满了克制的骄傲。"感觉很好。"他承认。

"你父亲开始给北美地区防卫计划捐钱了吗？"

"是的。"

"你也得到了学校防空洞的进入许可？"

他开心地给老师看手腕上的蓝色小印章，"他给市政府寄了一张支票。他说：'既然我已经走了这么远，还不如走完全程算了。'"

"现在，你终于有了所有人都有的东西。"上了年纪的女人笑着对他说，"我为你高兴。你们现在也是拥护备战分子了，虽然这个词是我生造的[①]。你们……变得跟大家一样了。"

第二天，新闻播报机高声广播了一条消息，苏联首次展示了穿地弹。

鲍勃·福斯特站在客厅中央，手里拿着那份新闻录影带，消瘦的脸上满是愤怒和绝望。"天杀的，这就是骗局！"他声调拔高，因

---

① 原文为"pro-P"，和反备战分子"anti-P"对应。

为愤怒而声嘶力竭,"我们刚买了那鬼东西,可是现在看看,看看!"他把录影带推到妻子面前,"看到没?我早跟你们说过!"

"我看过了。"露斯生气地回答,"我猜你会觉得,全世界都是为了骗你而存在的。他们一直都在改进武器,鲍勃。上周是可以感染谷物的细菌。这周是穿地弹。你不会觉得因为你改变主意,买了一套防弹掩体,他们就会停止武器研究。你没那么幼稚吧?"

夫妻两个怒目相向。"那该死的,我们现在该怎么办?"鲍勃·福斯特轻声问。

露斯走回厨房,"我听说,他们会推出相应的配件。"

"配件!你什么意思?"

"这样人们就不必购买新掩体的部件啦!视频机上已经有广告了。他们会推出某种金属隔层,等到政府审查通过就能上市。他们把这种隔层装在地面上,就能阻止穿地弹。炸弹就会在地面爆炸,而不会损害到掩体了。"

"要多少钱?"

"他们没说。"

迈克·福斯特盘腿坐在沙发上听着。他在学校也听到了同样的消息。当时他们正在参加野果鉴别考试,学生们要识别密封包装的各种野果,把无毒的果子和有毒的区分开来。铃声突然响起,要求全校集合。校长向大家宣布了穿地弹的新闻,然后又讲授了敌人新近研发的伤寒变种的紧急治疗方法。

他的父母还在争吵。"我们必须买一套配件。"露斯·福斯特平静地说,"要不然,我们的掩体就白买了。穿地弹经过特别的设计,能够穿透地面,并以热源为目标。只要俄国人将它大量投入生产……"

"我买。"鲍勃·福斯特说,"我买穿地弹防护隔板,或者他们卖的其他东西。我再买下他们新推出的所有产品,永远不停买下去。"

"没有那么糟糕的。"

"你知道吗?跟出售汽车和电视机相比,这个销售游戏有一个真正的优势——这东西我们必须购买。它不是什么可有可无的奢侈品,不是什么又大又吸引眼球的东西,可以拿来向邻居炫耀。如果我们不买这些,我们就会死。他们一直都说,想要卖掉你的产品,就要让潜在消费者焦虑。创造不安——说他们的体味很糟糕,或者样子很可笑。他们现在所制造的产品,让除臭剂和发油都变得十分可笑。你无从拒绝。如果你不买,你就会死。完美的销售广告。买或者死——新的口号。请务必在你家后院安装通用电气氢弹防护套装,否则就会被屠戮。"

"别这么讲话!"露斯训斥他。

鲍勃·福斯特趴在厨房桌子上,"行,我放弃。我会随波逐流。"

"你真的同意要买? 我估计,到圣诞节就该上市了。"

"哦,当然,"福斯特说,"圣诞节肯定会上市的。"他脸上带着古怪的表情,"我们在圣诞节买下那个鬼东西。所有人都要买它的。"

通用电气的防弹配件大卖。

迈克·福斯特缓缓走过十二月熙熙攘攘的街头,沐浴在傍晚的余晖里。每家商店的橱窗中都有闪闪发光的防弹配件。不同样式和型号的配件,配给各种各样的掩体。价位也不同,适合不同深浅的钱包。在圣诞节里,拥挤的人群欢乐又兴奋。人们相互推搡着,但并没有恶意。人们身着厚重的衣裳,手里提着大包小包。一阵阵雪花飘飞,街道上白茫茫一片。汽车在拥挤的街道上缓慢前进。街灯和霓虹招牌闪亮,四周全是巨大的展示橱窗。

他的家里却黑暗冷清,他的父母还没有回家。两人都在店里上班。最近生意不好,只好裁减了一名店员,由妈妈顶上。迈克把手伸到掌纹密码锁前,前门打开了。自动取暖炉一直让房子保持着温暖宜人的温度。他脱掉外衣,放下书包。

他没有在房子里待太长时间。他的心兴奋地狂跳。他摸索着走出后门，走向房后的廊道。

他迫使自己停下脚步，转过身去，再次进入房间。要是他慢慢来，一切会顺利得多。从看见直指夜空的管道与地面接缝处的第一刻起，他就已经把进入掩体的每个瞬间在脑子里过了一遍。他对整个过程相当熟悉，没有一丝多余动作。此前他一直在精心考量和规划进入掩体的过程，直到一切都充满美感。每次他刚走进掩体入口的管道，他都会强烈地感受到自己的存在。接着，电梯一路往下，疾速降去，带起的疾风吹得他血液都凝固了。

然后就是掩体内部的华丽世界。

每天下午，他一回到家，就会下到掩体内部，躲进地底世界，隐藏在寂静的钢铁怀抱里。掩体买回来的第一天他就是这么做的。现在，地下房间已经被塞满，不再空空如也。这里有无数罐装食品、靠垫、图书、影带、音频磁带，墙面装饰画，纹理不同、色泽不同的鲜艳织物，花瓶里插着鲜花。掩体就是他的小世界，他会舒服地蜷缩在这里，周围就是他所需要的一切。

他快速地穿过房子，同时也提醒自己尽可能保持冷静。他在音频磁带中搜寻了一番。他要在掩体里坐到晚上开饭，听《柳林风声》的朗读版。父母会知道怎样找到他，因为他总是在地下。他拥有两个小时无人打扰的幸福时光，可以独自待在掩体里。然后等到晚饭吃完，他又会忙不迭地返回到地下，一直逗留到睡觉时间。有时到了深夜，父母都睡着之后，他还会偷偷起床来到掩体入口，躲进寂静无声的地下，藏到天亮才出来。

他找到那盒录音带，快步走过房间，经过门外昏黑的走廊，到了后院。灰色的天空中挂着几缕丑陋的黑云。小城中的一些地方，已经亮起星星点点的灯光。院子里冷清可怖。他犹犹豫豫地迈下台阶，然后僵在了原地。

前方是一个深坑，像是一张朝着夜空张开的巨口，空空荡荡的，没有牙齿。除了深坑，什么都没有了。掩体已经不见了。

他呆呆站着，不知过了多久。他一只手还抓着那盒录音带，另一只手扶着栏杆。夜色渐浓，那再没有丝毫用处的洞穴没入黑暗之中。在静默和深沉的忧愁中，整个世界逐渐崩塌了。有微茫的星光，近处房屋的灯火清冷暗淡，时隐时现。但男孩什么也看不到。他一动不动站在原地，身体像石头一样僵硬，死盯着曾经装着掩体的那个大坑。

父亲来他身边。"你在这里多久了？"父亲问，"多久了，迈克？回答我！"

迈克好不容易才回过神来。"你今天回家比平时早。"他喃喃说道。

"我专门提前离开店铺。当你……到家时，我想在这里。"

"它不见了。"

"是。"父亲的语调那么冷,不带一丝感情,"掩体不在了。我很抱歉,迈克。是我打了电话,要求他们收回的。"

"为什么?"

"我没法买下它。至少这个圣诞节不行,今年人人都在买防弹配件。我怎么跟那些人竞争?"他哽住,然后难过地继续道,"这些人还真他妈公道,退了我一半的货款。"他语带讽刺,"我知道,要是我能在圣诞节前跟他们成交,就会得到比现在更好的条件。那样他们可以设法把它转卖给其他人。"

迈克什么都没说。

"试着理解吧。"父亲继续哑着嗓子说,"我必须把能筹集到的钱全部投入商店里,我必须让它运营下去。现在的局面,就是要么放弃掩体,要么放弃商店。而如果我放弃了商店……"

"最终我们会一无所有。"

父亲抓紧他的胳膊。"那时候我们也还是要放弃掩体。"他细瘦而有力的手指颤抖着,陷入了儿子的肉里,"你渐渐长大了,应该已经能理解我的苦衷。我们回头还会再买一台,或许不是最大的、最贵的,但一定会有一台。这次是决策失误,迈克,我无论如何都负担不起这一款,尤其是装上那套该死的配件之后。不过,我会继续给北美地区防卫计划捐钱,让你能继续使用学校的避难所。我会将这些东西维持下去。这不是什么原则问题,"他绝望地住了口,"我只是无能为力。你懂吗,迈克? 我现在别无选择。"

迈克挣脱开去。

"你要去哪儿?"父亲在后面快速追赶。"快回来!"他疯了似的去抓儿子,然而在阴沉的天色中,他绊了一下,跌倒了。他一头撞在墙上,眼冒金星。他痛苦地站起来,到处摸索,想找什么扶一下。

等他能看清楚,院子里已经空空如也,儿子不见了。

"迈克!"他大声呼喊,"你在哪儿?"

没有回应。一阵带着刺骨寒意的夜风袭来,卷起成团的雪花包裹了他。除了冷风和黑暗,什么都没有。

比尔·奥尼尔疲惫地看了一眼墙上的钟表。已经九点半:他终于可以关门,将灯火通明的店铺锁上了。他将一大群嘟嘟囔囔、转来转去的顾客送出门,让他们各回各家。

"感谢上帝。"他长出一口气,扶着门等最后一位年迈的女士带着无数口袋和礼品走出去。比尔把密码锁扣上,拉下卷帘门,"人可真多。我从来没见过这么多人。"

"一切搞定。"艾尔·康纳斯在收银台那里回应说,"我已经数过钱了——你到店里走一圈,看一切是否正常。确保所有客人都已经离开。"

奥尼尔把他的金发向后一捋，松开领带。他满足地点燃一根香烟，然后开始在店堂里巡视。检查电灯开关，关闭巨大的通用电气展览样品和其他设备。最后，他来到展厅中央巨大的防弹掩体样品旁边。

他爬上扶梯，走进狭长的入口，然后踏上电梯。梯子"嗖"的一声，不一会儿，他就来到了掩体内部洞穴一样的空间里。

迈克·福斯特紧紧蜷成一团，缩在一个角落里。膝盖紧贴着下巴，瘦骨伶仃的胳膊环抱在脚踝边。他垂着头，只能看见他蓬乱的棕色头发。惊诧的销售员向他靠近时，他毫无反应。

"上帝啊！"奥尼尔叫起来，"又是那个熊孩子。"

迈克什么都没说。他将两条腿抱得更紧了，头深深地埋入膝盖。

"你躲在这底下，到底是几个意思？"奥尼尔惊怒交加地质问道，火气越来越大，"你们不是已经买了一台这种掩体了吗？"接着他记起来，"哦，对，你们退货了，我们不得不回收它。"

艾尔·康纳斯从升降梯里走出来，"你在这里磨蹭什么？快出去，然后……"他看到了迈克，话声一顿，"他在这下面干什么？把他拖出去，我们也该下班回家了。"

"好了，孩子。"奥尼尔温和地劝告，"你也该回家了。"

但迈克不动。

两个男人面面相觑。"我猜,咱俩只能硬把他拖出去了。"康纳斯板着脸说。他脱掉外套,丢在一台除菌设备上,"来,咱们速战速决。"

两人要一起动手才行。那孩子拼命挣扎,他不出声,只是在他们抓他的时候拼命挣扎,用指甲挠、抓,用脚踢,用手扇他们耳光,用牙齿咬。他们最终是半拖半抱,才让他能在电梯里待上足够的时间,得以顺利启动装置。奥尼尔跟他一起上去。康纳斯随后跟上。他们沉着脸,迅速地将他架到前门丢了出去,然后紧紧锁上门。

"哇哦。"康纳斯长出一口气,坐倒在柜台旁边。他的衣袖已经被撕烂了,脸上被挠出几道血痕。眼镜挂在一侧耳朵上,头发也乱糟糟的,整个人筋疲力尽。"你觉得我们需要报警吗?总感觉那孩子不太正常。"

奥尼尔站在门口喘息,望向门外的夜色中。他能看见那孩子坐在水泥路面上。"他还在外面没走。"他喃喃地说。人们从孩子两侧绕开。终于有个人停下来,把他拽起来。男孩挣脱那人的手,然后消失在黑暗中。那个比男孩高一些的身影拿起自己的包裹,愣了一下,继续赶路。奥尼尔离开门口。"真是一团糟。"他用手绢擦擦脸,"这家伙抵抗得真激烈。"

"他到底有什么毛病?他什么也没说,他妈的一个字都不说。"

"圣诞节绝对不是收回商品的好时机。"奥尼尔说。他哆嗦着去拿自己的外套,"这太糟糕了。我真希望他们能留下那东西。"

康纳斯耸耸肩,"没钱,就没货。"

"该死的,我们为什么不能给他家一项特别优惠?或许⋯⋯"奥尼尔费了好大气力才说出来,"或许我们可以以批发价把掩体卖给这样的人。"

康纳斯气哼哼地瞪了他一眼,"批发价?然后所有人都会要求批发价的。这不公平。而且真这么做了,我们的生意能做多久?通用电气总公司又能继续经营多久?"

"我猜坚持不了多久。"奥尼尔闷闷不乐地承认。

"说话过一下脑子。"康纳斯尖刻地嘲笑道,"你现在需要的是一杯烈酒。跟我去后面的酒柜吧——我在那里的一个抽屉里藏了一瓶五十年的海格酒。回家前喝两口暖暖身子。你需要的是这个。"

迈克·福斯特在黑暗的街头游荡,周围都是购物后匆匆回家的行人。他对一切都视而不见。有人撞到了他,他却浑然不知。身边灯光闪耀,行人欢声笑语,汽车喇叭轰鸣,交通信号灯提示音作响。但他的脑子一片空白,仿佛是一具行尸走肉。他失魂落魄地走着,毫无知觉。

在他的右边,耀眼的霓虹灯广告牌在黑夜深邃的暗影里闪烁着。这是一个巨大的标志牌,明亮而且五颜六色:

地球和平 人类友善

公共防空洞 入场费0.5美元

（郝秀玉 译）

第九梦

今为人类

HUMAN IS

【导读】

剧集:《今为人类》   原作:《今为人类》

编剧:杰西卡·梅克伦伯格

　　菲利普·迪克引人遐思的预言,还有他意味深长、时而又令人不安的心灵之旅,总能让我产生共鸣。他的文字看似平淡,却蕴藏着发人深省的主题和隐喻。在小说《今为人类》中,吉儿·赫里克的困苦,同样让我产生了深切的共鸣。她想与丈夫莱斯特在情感层面能略微取得交流,那种显而易见的渴望拨动了我的心弦——我想很多人读原作时都有同样的感受。这正是菲利普·迪克的天才之处:在残酷动荡的高科技背景下阐述关于人类存在的真相。

　　小说《今为人类》中,地球被称作塔拉①。这种叫法比我们熟

---

　　① Terra,科幻作品中对地球的称呼。小说中直接翻译为地球。

知的名称更具军事意味,因为人类赖以生存的基本要素都被贴上了最终极的标价——全种族的性命,不是我们的,就是他们的。尽管我们的主人公们只是挣扎于跨星系战争的道德纠葛之中,但原作的最本真的核心思想依旧感染力十足,放之四海皆准。

在为《电子梦》斟酌改编原作的过程中,最大的难题莫过于如何修改吉儿和莱斯特的世界,而不改变原作主线——吉儿的渴望,夫妻感情的破裂,以及到最后,莱斯特从瑞克瑟四号行星返回后,两人彼此逐渐依恋而折射出的人性之美。原作有太多地方就算不是理解当今世界的关键,也可以说是有所助益。事实上,正是这种神奇的特性,让我们觉得菲利普·迪克的作品是如此必不可少。虽然原作中并未写明故事发生的确切时期,但事实上这故事拥有着常讲常新的品质。我们选择把本剧的发生时间设定在2520年。我将吉儿和莱斯特改称为薇拉和塞拉斯,但同时尽量保留了原作中微妙而坦率的情感。

《今为人类》探讨了一个非常实际的问题,"何以为人?"终其全剧,我们都没有给出太多线索,只是将从瑞克瑟四号行星归来的塞拉斯改称为"塞拉斯·瑞克斯(Silas Rex)"。具有讽刺意味的是,"瑞克斯(Rex)"在拉丁语中意为"王"。《今为人类》是一篇菲利普·迪克的典型作品,它一方面旨在警世,另一方面却又蕴含希望。塞拉斯·瑞克斯代表了人类可能的未来。尽管人类的进化、社会的革新和科技的进步三者之间不可避免地会发生冲突,但根本真理始终如一:人因爱而为人。

杰西卡·梅克伦伯格(Jessica Mecklenburg),剧作家、制片人,曾为网飞(Netflix)的连续剧《怪奇物语》剧集创作剧本。梅克伦伯格还是连续剧《亡者归来》和《成为玛丽·简》的制片总监及编剧。不久前,她才以联合执行监制的身份,为环球电视公司及网飞(Netflix)完成连续剧《吉普赛人》第一季的制作。

（肖钰泉　译）

今为人类

　　吉儿·赫里克的蓝色眼睛里噙满了泪水。她看着自己的丈夫,心中的震惊难以言表,"你真是……真是太可恶了!"她哭诉道。

　　莱斯特·赫里克并未停下工作。他在一丝不苟地整理一摞摞的笔记和图表。

　　"'可恶',"他说道,"是一种价值判断,不包含任何事实性信息。"他把一卷《半人马星座寄生生命报告》的磁带插入桌面扫描器快速读取,"只是一种观点,一种情绪的表达,仅此而已。"

　　吉儿失魂落魄地回了厨房。她无精打采地挥了下手,启动了炉灶。伴随着嗡鸣声,墙内的传送带转动起来,快速将地下储藏柜内的晚餐食材送上来。

　　她转过身,看向自己的丈夫,最后一次央求道:"即使一小段时间也不行？即使——"

"即使一个月也不行。他来的时候，你可以告诉他。如果你没勇气，我亲自告诉他。我可不能任由一个小孩在这里跑来跑去。我有太多的工作要完成。这份参宿四星的报告还有十天就要上交了。"莱斯特说着，把《北落师门星化石挖掘工具》的磁带投入扫描器，"你哥哥是怎么回事？为什么他连自己的孩子都照顾不了？"

吉儿揩了揩红肿的眼睛，"你难道不明白吗？**我想要格斯在这里**！是我恳求弗兰克让他来这里的。你现在又——"

"我巴不得格斯快点儿长大，好交给政府管理。"莱斯特的瘦脸恼火地歪扭着，"有完没完了，吉儿？晚餐还没好吗？都过去十分钟了！炉灶出了什么毛病？"

"晚餐就快好了。"炉灶亮起了红色的指示灯。机器人侍者从墙内走出，等待着饭菜出炉。

吉儿坐了下来，使劲儿擤了擤自己的小鼻头。起居室内，莱斯特泰然自若地继续工作。他的眼中只有工作、研究，日复一日，孜孜不倦。莱斯特处于业界领先位置，这点毋庸置疑。他趴伏在桌前，消瘦的身子就像扫描器上的涡卷弹簧般曲弓着。他冰冷的灰色双眼狂热地汲取、分析、评估着信息。他的各个感知器官协调运作，宛如经过充分润滑的机器。

吉儿双唇颤抖，感到既悲伤又愤恨。格斯——小格斯。她怎么能忍心告诉小格斯？她的泪水又涌了上来。再也见不到那个胖嘟嘟的小家伙了，他再也不能来这里了——因为孩子的笑声和玩闹声会让莱斯特心烦，会打扰到他的研究。

炉灶发出"咔嗒"一声，亮起了绿色的指示灯。饭菜自动滑到机器人侍者的手上。轻柔悦耳的和音响起，宣告晚餐已经做好。

"我听见啦！"莱斯特声音刺耳地说。他"啪"地关掉了扫描器，站了起来，"我估摸着他会在我们吃饭的时候过来。"

"我可以给弗兰克打个视屏电话，问问——"

"不用。最好一劳永逸地解决掉。"莱斯特不耐烦地对机器人侍者点了点头，"可以了。上菜。"他撇了撇纤薄的嘴唇，怒声道，"见鬼，动作快点儿！我的工作可耽误不得！"

吉儿咬着牙强忍住了泪水。

他们快吃完晚饭时，小格斯连蹦带跳地进了房子。

吉儿惊喜地叫了起来："格斯！"她跑过去，一把将他抱在怀里，"见到你真让我高兴！"

"小心我的老虎。"格斯嘟囔了一声，将灰色小猫咪放到地毯上。猫咪跑开了，藏到了沙发下。"它在玩捉迷藏。"

莱斯特打量着小男孩和沙发下露出的灰尾巴尖,眼神闪动了几下。

"你为什么叫它'老虎'? 它不过是只街巷里的流浪猫。"

格斯看起来有些伤心,他蹙起了眉头,"它是老虎。它长着条纹。"

"老虎的皮毛是金黄色的,而且个头比它要大得多。你不妨学学如何用正确的名字区分事物。"

"莱斯特,求你——"吉儿请求道。

"闭嘴。"她的丈夫生气地呵斥道,"格斯的年龄不小了,该让他摒弃幼稚的幻想,培养他更趋向现实。那些心理测试师是怎么搞的? 他这种愚蠢的举动,难道他们不纠正吗?"

格斯跑开,抱起他的小老虎,"不许你碰它!"

莱斯特若有所思地看着猫咪。一丝古怪阴冷的笑容从他的嘴角划过,"什么时候到实验室来一趟,格斯。我们有好多猫给你看。我们用它们做实验。猫、豚鼠、兔子——"

"莱斯特!"吉儿倒吸了口冷气,"你怎么能这样?"

莱斯特促狭地笑了起来。突然,他不再言语,回到了办公桌前,"现在离开这里,我得完成这些报告。别忘记告诉格斯。"

格斯兴奋起来,"告诉我什么?"他的脸蛋通红,眼睛闪闪发亮,"是什么? 要送给我东西吗? 是一个秘密吗?"

　　吉儿的心像灌了铅一样沉重。她缓缓地将一只手搭在孩子的肩膀上,"来吧,格斯。我们先到外面的花园里坐下,我再告诉你。把你的……你的老虎也带上。"

　　只听得一声脆响,紧急可视发信机亮了起来。莱斯特立刻站起身。"安静!"他呼吸急促地跑到发信机前,"谁也不许说话!"

　　吉儿和格斯在门口停住了脚步。一份绝密信息从出信口吐出,落入碟子中。莱斯特抓起信息,拆开封口,专注地研究起来。

　　"是什么?"吉儿问,"是坏事吗?"

　　"坏事?"莱斯特的脸透出一种炭火闷烧般的红光,"不,一点儿不坏。"他看了一眼手表,"时候刚好。让我想想,我要——"

　　"要什么?"

　　"我要出一次差,离开两三周。瑞克瑟四号行星的坐标已经绘入星位图了。"

　　"瑞克瑟四号行星?你要去那儿?"吉儿急切地紧扣十指,"哦,我一直想去见识古老的星系、古老的废墟和城市!莱斯特,我能去吗?我能和你一起去吗?我们从没一起度过假,你总许诺——"

　　莱斯特·赫里克惊异地望着他的妻子。"你?"他说,"你一起去?"他令人不悦地干笑了几声,"现在赶快去给我收拾行李。我等待这一刻很久了。"他满意地搓动着双手,"我回来之前,你可以让这孩子待在这儿。但只能这么长时间。瑞克瑟四号行星！我都快等不及了！"

"你得体谅他，"弗兰克说，"毕竟，他是个科学家。"

"我才不管，"吉儿说，"他从瑞克瑟四号行星一回来，我就跟他离婚。我打定了主意。"

她的哥哥沉默不语，陷入了沉思。他将腿伸直，搁在小花园的草坪上，"好吧，如果你离开他，就是自由身，又能择偶了。你仍属于可生育类别，对吗？"

吉儿坚定地点头道："当然啦。我不会有麻烦。也许我能找到一个喜欢孩子的伴侣。"

"你喜欢孩子，"弗兰克注意到了她的语气，"格斯也喜欢去看你。但他不喜欢莱斯特。莱斯特总捉弄他。"

"我知道。过去的一个星期，莱斯特没在，我舒畅得仿佛在天堂一样。"吉儿轻抚自己柔顺的金发，脸上现出了迷人的红晕，"我开心极了，重新找回了活着的感觉。"

"他什么时候回来？"

"随时都可能回来。"吉儿紧握了她小小的拳头，"我和他结婚五年了，一年比一年恶劣。他太……太没人情味儿了，冷血无情到了骨子里。从早到晚，他只要他的工作。"

"莱斯特雄心勃勃。他想攀上领域内尖端的地位。"弗兰克懒洋洋地点燃了一根香烟,"一个不断进取的家伙。嗯,也许他能做到。他从事什么专业?"

"毒理学。他为军方研发毒药。木卫四战争时使用的硫酸铜皮肤渗透剂就是他发明的。"

"挺冷门的专业。就拿我来说吧,"弗兰克心满意足地靠在房子的墙壁上,"做防侵局律师的人千千万万。我可以无波无澜地工作好几年。我对现状很知足。我工作,同时享受生活。"

"真希望莱斯特也能这么想。"

"也许他会改变。"

"他**永远**也不会改变。"吉儿愤愤地说,"我现在醒悟了。所以我才决心要离开他。他会一直那个样儿,不会变。"

莱斯特从瑞克瑟四号行星回来时,就像变了一个人。他将反重力手提箱交给伺候在一旁的机器人侍者,满脸喜悦,笑容灿烂地答谢道:"谢谢你。"

吉儿倒吸了口冷气,惊讶得说不出话来,"莱斯特!你怎么这么——"

莱斯特摘下了帽子,微微鞠躬,"日安,亲爱的。你看起来光彩照人。你的眼眸清澈而碧蓝,就如一泓远离尘嚣的翡翠湖,波光粼粼,盛接着圣洁的雪山融水。"他抽了抽鼻子,"我闻到了炉膛里烧煮着美味饭食。"

"哦,莱斯特。"吉儿迟疑地眨了眨眼睛,一抹淡淡的希望在她的心底泛起,"莱斯特,你出什么事了? 你是这么……这么不一样。"

"是吗,亲爱的?"莱斯特在房子内走来走去,哼着曲子,这儿摸摸,那儿看看,"多么讨人喜欢的小房子啊! 多么温馨宜人! 你不知道住在这里是多么美妙。相信我没错。"

"恐怕我真得相信。"吉儿说。

"相信什么?"

"相信你说的话发自于肺腑。相信你不是原来的你,不是你原来的样子。"

"我原来是什么样子?"

"刻薄。既刻薄又残忍。"

"我?"莱斯特摩挲着下巴,皱起了眉头,"哼哼,有趣。"他随即开朗起来,"不过,这些都已经过去了。晚饭吃什么? 我都快饿晕了。"

吉儿狐疑地注视着他,进了厨房,"想吃什么都行,莱斯特。你明知道家里的炉灶能做世界上所有的菜肴。"

"当然知道。"莱斯特迅速地连咳了几声,"好吧,我们尝尝沙朗牛排,五成熟,面上覆盖洋葱碎?要佐以蘑菇酱。还要白面包卷,外加热咖啡。饭后甜点嘛,不如选冰淇淋和苹果派。"

"以前从来没见你对食物这么上心。"吉儿心思沉重地说道。

"是吗?"

"你总说,希望静脉注射营养液最终会成为人类普遍的进食方式。"她目不转睛地看着自己的丈夫,"莱斯特,发生了什么事情?"

"没事,什么事也没发生。"莱斯特小心翼翼地拿出了烟斗,忙不迭地点燃,动作笨拙,有烟叶碎渣落在地毯上。他紧张地弯下腰,想把碎渣捡起来,"请去忙你的,无须在意我。也许我能帮你准备——我是说,有什么我能帮得上忙的吗?"

"没有,"吉儿说,"我一个人就行。你继续做你的工作吧,如果你想的话。"

"工作?"

"你的研究,毒药研究。"

"毒药!"莱斯特疑惑地说道,"哦,天见可怜! 毒药。恶魔的艺术!"

"你说什么?"

"我是说,我刚才突然感到好累。我过会儿再工作。"莱斯特心不在焉地在房间内踱着步,"我想还是坐下来,享受回家的感觉。终于离开那颗可怕的瑞克瑟四号行星了。"

"那里很可怕吗?"

"可怕至极。"莱斯特的脸抽搐了一下,不觉露出憎恶之色,
"干涸、死寂、古老。地表被灼热的太阳和狂暴的风沙剥离。一
个糟糕透顶的地方,亲爱的。"

"真遗憾听到你这么说。我一直想去那儿看看的。"

"千万不要!"莱斯特激动地叫起来,"你就待在这里,亲爱
的,和我一起。我们……我们两人。"他的目光在房间内梭巡,
"双宿双栖,是的。地球是一个奇妙的地方。气候湿润,生机勃
勃。"他满脸喜悦,笑容灿烂地说,"适宜居住。"

"我被他弄糊涂了。"吉儿说。

"把你所记得的都重复一遍。"弗兰克说。他的铅笔机器人
机敏地摆出了书写姿态。"你在他身上注意到的变化。我想知
道。"

"为什么?"

"没什么。请说下去。你说你当时就发现了? 发现他变得
不一样了?"

"我当时就注意到了。他脸上的表情没那么严肃,也没那么
乏味;而是变得柔和、放松、宽容——几乎可以说是'平和'。"

"我知道了。"弗兰克说,"还有呢?"

吉儿紧张地从后门往房内看了看,"他听不见我们,对吗?"

"是的。他在房内和格斯做游戏。在起居室。他们今天扮演的是金星水獭人。你的丈夫在他的实验室里建造了一个水獭滑梯。我刚才看见他在拆包装盒。"

"他说的话。"

"他的什么?"

"他说话的方式、他斟词酌句的方式——他以前从没用过的词语,全新的句子,比喻句。我跟他住在一起五年了,我没听他使用过比喻句。他说比喻句表达的意思不准确,容易产生歧义。而且——"

"而且什么?"铅笔在纸上奋笔疾书。

"而且他说的都是很陌生的词语。古老的词语,现在再也没人说的词语。"

"过时的措辞?"弗兰克焦虑地问道。

"是的。"吉儿双手插进可塑短裤里,在小小的草坪上来回踱步,"用语很正式。就像是——"

"就像是生搬书本里的语句?"

"没错!你也注意到了?"

"我注意到了。"弗兰克面色变得坚定,"请继续。"

吉儿停止了踱步,"你有什么想法? 你是不是有了什么见解?"

"我想知道更多的实情。"

她沉吟道:"他做游戏,和格斯一起。他做游戏,开玩笑。他还……他还吃东西。"

"他以前不吃东西吗?"

"不像现在这样吃东西。他现在热爱食物,总到厨房去尝试无穷无尽的食材组合。他总待在炉灶旁,烹饪各式各样奇怪的菜肴。"

"我觉得他变胖了。"

"他长胖了十磅。他吃喝不停,保持微笑,不时哈哈大笑,为人彬彬有礼。"她羞涩地瞥向一边,"他甚至还……很浪漫!他以前总说'浪漫'是不合逻辑的情感。他现在对自己的工作——毒药研究——失去了兴趣。"

"我明白了。"弗兰克抿着嘴唇,"还有其他的吗?"

"有一件事情让我觉得奇怪。我看见很多次了。"

"是什么?"

"他的动作好像有奇怪的失误——"

一阵笑声突然传来。莱斯特·赫里克的眼中闪动着喜悦的光芒,他跑出了房子,小格斯紧随其后。

"我们有大事要宣布!"莱斯特叫道。

"有大事要宣布。"格斯回应道。

弗兰克合上笔记,放进衣兜里——铅笔随后自动钻了进去——缓缓地站了起来,"什么大事?"

"你来宣布。"莱斯特牵着格斯的手,引导他上前一步。

格斯全神贯注,胖嘟嘟的小脸都皱成了一团,"我要和你们一起生活了。"他郑重声明,而后担忧地观察着吉儿的表情,"莱斯特说可以。我可以吗? 可以吗,吉儿姑姑?"

她的内心被无比的快乐淹没了。她看了看格斯,又看了看莱斯特,"你们……你们说的是真的吗?"她的声音几乎细不可闻。

莱斯特揽住她,将她拥入怀中,"当然,我们说的是真的。"他柔声说。他的眼神温暖如春,通情达理,"我们可不会捉弄你,亲爱的。"

"不捉弄人!"格斯激动地嚷嚷道,"永远不捉弄人!"吉儿、莱斯特和他拥抱在一起,"永永远远!"

弗兰克板着脸,站在稍远的地方。吉儿注意到他表情有异,于是她从三人的拥抱中脱离出来。"怎么啦?"她欲言又止,"是不是——"

"等你们都完事了,"弗兰克对莱斯特·赫里克说,"我需要你跟我走一趟。"

一阵寒意攫取了吉尔的内心,"怎么啦？我也能去吗?"

弗兰克摇了摇头。他面色阴沉地走向莱斯特,"来吧,赫里克。我们走。你和我得来一趟小小的旅行。"

三名联邦防侵局特工警惕地紧握震冲波管状枪,在莱斯特几步远的地方站定。

防侵局总长道格拉斯盯着赫里克看了很长时间,"你确定吗?"他最后问道。

"绝对确定。"弗兰克言之凿凿地答道。

"他什么时候从瑞克瑟四号行星回来的?"

"一个星期前。"

"他的变化当时就被发现了?"

"他的妻子看到他的第一眼就发现他变了。很显然,转变是在瑞克瑟星系发生的。"弗兰克意味深长地顿了顿,"你知道这意味着什么。"

"我知道。"道格拉斯缓步绕着坐在椅子上的男人走了一圈,从各个角度查看。

莱斯特·赫里克安静地坐着,风衣整齐地叠放在膝头,双手扶着象牙头手杖,面无表情,神色平静。他身着灰色软布料西服,内穿法式双叠袖衬衣,系一条颜色柔和的领带,脚上的黑皮鞋光可鉴人。他一言不发。

"它们的方法简单而精准,"道格拉斯说,"受体的原有灵魂物质被移除,并被存储起来——进入某种静止状态。顶替者的灵魂物质会被瞬间注入受体。莱斯特·赫里克可能在探索瑞克瑟星系的城市废墟时,忽略了自身的安全防护措施——没激发防护罩或穿戴好人工防护服——被它们乘虚而入。"

椅子上的男人挪动下身子。"我非常希望与吉儿取得交流,"他呢喃道,"她一定开始着急了。"

弗兰克转过头,满脸的厌恶,"老天啊,它还在装。"

道格拉斯总长极力克制着自己的情绪,"这绝对是一件神奇的事情。没发生体征变化。单凭肉眼根本无从发觉。"他紧绷着脸,走近椅子上的男人,"听着,我不管你叫什么名字。你能听懂我说的话吗?"

"当然。"莱斯特·赫里克回答道。

"你真的认为自己能逃脱惩罚吗?我们抓到了你的其他同类——在你之前抓到的。总共有十个。它们甚至没能抵达地球,"道格拉斯冷笑道,"就被震冲波一个个消灭了。"

赫里克脸上血色尽褪,额头上沁出了细细的汗珠。他从上衣口袋掏出一条丝质手帕,将汗水拭去。"哦?"他呻吟道。

"你蒙骗不了我们。所有的地球人都对你们瑞克瑟星人防范有加。我很惊讶，你竟然从瑞克瑟逃了出来。赫里克一定是粗心到了极点。我们在飞船上拦截了你的其他同类，把它们在外太空烧成了灰烬。"

"赫里克有一艘私人飞船。"坐在椅子上的男人低语道，"他绕过了检查站。没有他的入境登记。他从未被检查过。"

"烧死它！"道格拉斯咬牙切齿地说。三名防侵局特工举起管状枪，逼上前来。

"不行。"弗兰克摇了摇头，"我们不能这么做。现在的局面不允许。"

"你是什么意思？我们为什么不能这样做？我们已经烧死了其他的——"

"它们是在外太空被抓住的。这里是地球，适用的是地球法律，不是军事法。"弗兰克对椅子上的男人摆了摆手，"它藏在人类的躯体里。这就受辖于普通民事法。我们必须证明它不是莱斯特·赫里克，而是瑞克瑟星系的渗透者。这会很困难，但并非不可行。"

"怎么办？"

"他的妻子——赫里克的妻子——的证言。吉儿·赫里克能断定莱斯特·赫里克和它之间的区别。她知道——而且我想，我们可以让她在法庭上做陈述。"

时间已近黄昏。弗兰克开着地行巡航车缓缓行驶在马路上。他和吉儿谁都没说话。

"原来如此。"吉儿终于开口道。她脸色黯淡,并未流泪;明亮的眼睛不带丝毫感情,"我早就知道这一切太美好了,不可能是真的。"她试着挤出微笑,"这个梦太美妙了。"

"我知道,"弗兰克说,"但这是个噩梦。要是——"

"为什么?"吉儿问,"为什么他……它要这么做?它为什么要占据莱斯特的身体?"

"瑞克瑟四号是颗古老死寂、行将就木的星球,上面的生命快完全灭绝了。"

"我想起来了。他……它说过相似的话,说到了瑞克瑟星系的状况。它说,它很高兴逃离那里。"

"瑞克瑟星人是个古老的种族。所剩数量不多,个个孱弱不堪。几个世纪以来,它们一直在想方设法移民。但它们的身体太过脆弱。一些瑞克瑟星人迁徙去了金星——不过刚抵达就死了。大约在一个世纪前,它们研制出了这套系统。"

"可它对我们太了解了。它会说我们的语言。"

"不完全是这样。你提到过他奇怪的措辞方式。你瞧,瑞克

瑟星人对人类的了解只停留在表面,只是某种理想化的抽象概念
——获取于流传到瑞克瑟星的地球物品。大部分是书,或是诸如
此类的二手资料。瑞克瑟星人对地球的认识来自于几个世纪前
的文学作品——我们过去的浪漫小说。它们对我们的语言、习俗
和礼仪的了解均出自于此。

"这样一来,它稀奇古怪的措辞便说得通了。它研究过地球,
没错。不过是通过间接的途径,研究了有误导性的资料。"弗兰克
讥笑道,"瑞克瑟星人对我们的认知落后了两百年——这为我们
提供了突破口。我们就是这样发现它们的。"

"这种事件……很常见吗? 经常发生吗? 看起来真不可思
议。"吉儿疲倦地揉了揉额头,"像做梦一样。真的很难想象事情
确实发生了。我渐渐有些明白它的严重性了。"

"银河系充满了各种各样的外星生命。包括寄生性和毁灭性
的外星种族——地球的道德规范不被它们认同。我们必须时刻
防范这类东西。莱斯特完全不顾潜在危险,贸然外出——而这东
西驱除了他的灵魂,占据了他的躯体。"

弗兰克看了他妹妹一眼。吉儿面无表情,俏脸肃穆;眼睛睁
得大大的,但却沉着镇定。她坐直了身体,怔怔地看着前方,一双
小手沉静地交叠着放在膝头。

"我们可以稍做安排,你不必亲自出庭。"弗兰克继续说,"你

可以拍摄一份声明,作为证据提交给法庭。我确信你的声明会起作用。联邦法庭会尽力帮助我们,但他们必须掌握证据才能行动。"

吉儿默不作声。

"你有什么想法?"弗兰克问道。

"法庭做出裁决之后,会发生什么事情?"

"之后我们会用冲震波消灭它,摧毁瑞克瑟星人的灵魂。驻瑞克瑟四号行星的一艘巡逻飞船将派出小队找到——呃——原始的灵魂物质。"

吉儿倒吸了一口气。她惊愕地看向自己的哥哥,"你的意思是——"

"哦,是的。莱斯特还活着,处于静止状态,在瑞克瑟星系某处古老城市的废墟里。我们会逼迫它们把他交出来。它们不会愿意的,但它们最终还是会照办。之前就是这样。在那之后,莱斯特就会回到你身边,毫发无损,像从前一般。而这个和你一起生活的噩梦将成为过去。"

"明白了。"

"我们到了。"巡航车在巍然耸立的联邦防侵局大楼前停了下来。弗兰克随即下车,为他的妹妹扶住车门。吉儿缓缓地下了车。"准备好了吗?"弗兰克问。

"好了。"

他们进入大楼后,防侵局的特工引领着他们穿过安检屏蔽罩,走过长长的廊道。在不祥的静寂中,只有吉儿的高跟鞋"嗒嗒"地回响着。

"不同寻常的地方。"弗兰克观察道。

"气氛不友好。"

"把它想成是间恢宏大气的警察局就好。"弗兰克停下了脚步。他们的前方是一扇警卫把守的门。"我们到了。"

"等等。"吉儿一脸的惊惶,想打退堂鼓,"我——"

"别慌,我们等你准备好。"弗兰克对防侵局的特工打了个手势,示意他们离开,"我明白。这是件麻烦事。"

吉儿低着头,站了一会儿。她攥紧拳头,深吸一口气,而后扬起下巴,目光平视,沉着而坚定,"可以了。"

"你准备好了?"

"是的。"

弗兰克打开了门,"我们进去。"

吉儿和弗兰克进去时,道格拉斯总长和三名防侵局特工转过头,眼神中充满期盼。"很好。"道格拉斯如释重负地咕哝了一声,"我还以为你不来了。"

坐在椅子上的男人拿起风衣,紧张地握着象牙头手杖,慢慢地站了起来。他保持着沉默,静静地瞧着吉儿进了房间,弗兰克走在她身后。"这位是赫里克太太。"弗兰克说,"吉儿,这位是防侵局总长道格拉斯。"

"我听说过你。"吉儿轻声说。

"那你一定知道我们是做什么的。"

"是的,我知道。"

"这件事很不幸。以前也发生过类似的事。我不知道弗兰克对你说了什么——"

"他把情况都对我解释了。"

"很好。"道格拉斯松了口气,"如此甚好。解释清楚可不容易。那么,你应该明白我们想要什么了。此前的案件在外太空便结案了。我们取回了受害人的原始灵魂物质。但这次我们必须走法律途径。"道格拉斯拿起一个影像卡带记录仪,"我需要你的声明,赫里克太太。因为未发生体征变化,我们缺少直接证据,无法立案。我们能提交给法庭的只有你关于他性格变化的证言。"

他将影像卡带记录仪递出去。吉儿慢吞吞地接了下来。

"毫无疑问,你的声明会被法庭接受。法庭将发放我们想要的许可证,然后我们就能着手下一步。如果一切顺利,我们希望能够将他百分之百地复原到以前的状态。"

吉儿默默地看着拿着风衣,挂着象牙头手杖,站在房间角落里的男人。"'以前'?"她说,"你说的是什么意思?"

"他转变之前。"

吉儿转向道格拉斯总长,不动声色地将记录仪放在了桌子上,"你说的'转变'是什么?"

道格拉斯舔了舔嘴唇,脸色有些发白。房间内所有人的目光都聚焦在吉儿身上。"他所发生的转变。"他指向莱斯特。

"吉儿!"弗兰克咆哮道,"你是怎么了?"他快步走向她,"你到底在干什么?你完全知道我们说的'转变'是什么!"

"这就奇怪了,"吉儿若有所思地说,"我没注意到什么转变。"

弗兰克和道格拉斯总长面面相觑。"我不明白。"弗兰克难以置信地低语道。

"赫里克太太——"道格拉斯欲言又止。

吉儿走到安静站在角落里的男人身前,"我们现在可以走了吗,亲爱的?"她询问道。接着,她挽起了他的胳膊,"还是说,我的丈夫有什么理由非得待在这里吗?"

这对男女静静地走在昏暗的街道上。

"来吧,"吉儿说,"我们回家。"

男人看了她一眼,"这是美丽的午后。"他说完,深深地吸了一口气,让空气充溢自己的肺腑,"春天要来了——我觉得。我说得对吗?"

吉儿点了点头。

"我不太确定。空气很好闻。植物、土壤和万物生长的气息。"

"是的。"

"我们要步行回家吗? 家远吗?"

"不太远。"

男人紧紧地注视着她,他的脸上浮现出认真的表情,"你对我恩重如山,亲爱的。"他说。

吉儿点点头。

"我希望能报答你。我必须承认,我没料到这样的——"

吉儿突然把头转向他,"你叫什么名字? 你**真正**的名字。"

男人的灰色眼睛闪动了几下。他露出了温文尔雅的淡淡微笑,"恐怕你没法念出我的名字。人类的声带没法发出——"

两人往前走去,吉儿没有出声,陷入了沉思。他们的周围,城市的华灯一盏盏地亮起,为夜幕缀上了一颗颗暖黄色的光点。"你在想什么?"男人问。

"我在想,不如我还是叫你莱斯特,"吉儿说,"如果你不介意的话。"

　　"我不介意的。"男人说。他揽住她的腰肢,将她拉到身侧,温柔地凝视着她。两人走入了渐浓的夜色,暖黄色的灯光如同一根根蜡烛,照亮了前路。"遂你所愿,顺你欢心。"

（肖钰泉　译）

第十梦
自动工厂
AUTOFAC

【导读】

剧集:《自动工厂》　　　　　原作:《自动工厂》

编剧:特拉维斯·比彻姆

　　《自动工厂》不是我最初打算改编的故事,但它是给我留下深刻印象,让我难以忘怀,十分希望改编的故事。故事的设定简单得令人迷醉,却新奇得令人吃惊——在这个世界里,文明陷落已久,自动工厂盲目地掠夺着大地的资源,末世战争的幸存者想要关闭工厂。你总能看到这样的故事,坏心肠的人工智能,因为某些原因,反抗自己的程序,试图毁灭自己的创造者。这个故事采用了相似的套路,可结尾却极其地不同寻常。《自动工厂》的绝妙之处在于,工厂并非是一台失控的机器。它完全按照当初建造它的创造者——这些人虽聪明却不负责——的指令运行。这台机器不是刚觉醒的异类,一心想毁灭人类,倒如同是"猴爪"[1],迫使我们无法回避因自己的欲望招致的后果。对我来说,这看起来比传统的机器人叛乱要现实得不止一星半点儿,不过,从某种角度来说,也是一个更合时宜的科技寓言,因为故事的重点其实不是科技。在原作中,科技不过像是以前人类的不散阴魂——永远不断地犯同样的错误。我们不是在与科技作战,而是在与我们自己、与我们的天性作战。故事最终归于人性——这实在是菲利普·迪克伟大作品的鲜明标志。

　　特拉维斯·比彻姆(Travis Beacham),编剧、制片人,曾创作故事片《环太平洋》和《诸神之战》的剧本。目前,他在将自己原创的剧本《仙境谋杀案》改编为已开机拍摄的电视剧《狂欢命案》。

（肖钰泉　译）

---

　　①《猴爪》,威廉·威马克·雅可布创作的超自然短篇小说,1902年于伦敦发表在小说合集《驳船女士》中。故事中,拥有猴爪的人能够许三个愿望,却会因干扰命运而付出巨大的代价。

自动工厂

一

三个人紧张地等待着。他们抽着烟,来回踱步,漫无目的地踢着路边的野草。炎热的正午阳光炙烤着棕色的田野,一排排整齐的塑料房西边是遥远的山脉侧影。

"时间快到了。"厄尔·费林将两只皮包骨的手扭结在一起,"到达时间会根据负载变化——重量每增加一磅,到达时间就延迟半秒。"

莫里森不满地回应他:"这你都知道?你跟它是一路货色呀。省点儿心吧,就当它只是凑巧晚到了。"

第三个人什么都没说。奥尼尔是另一个居住区的访客,他跟费林和莫里森没熟到可以随意争辩的程度。他正蹲在地上整理铝质活页夹上的纸张。艳阳下，奥尼尔黝黑多毛的两臂上汗珠闪耀。他的身材瘦削结实，一头凌乱的灰发，戴一副角质框架眼镜，比两名同伴年长一些。他身着宽松长裤、运动衫、胶底鞋。指间的钢笔闪着金属光泽，简单、实用。

"你在写什么？"费林咕哝着问。

"只是在列出我们将要采取的步骤而已。"奥尼尔温和地说，"最好现在就理清头绪，省得到时胡乱尝试。我们应该知道自己试过哪些方法、哪些没有用，要不然就可能毫无进展地原地绕圈。在我看来，我们目前面临的应该是沟通问题。"

"沟通问题。"莫里森瓮声瓮气地表示同意，"可不，我们根本就没办法跟那个该死的东西交流。它每次来，卸完货就走——我们跟它之间根本就没有接触。"

"它是个机器，"费林激动地说，"它是死的——又聋又瞎。"

"但它跟外部世界还是有联系的。"奥尼尔指出，"一定有什么办法能联系到它。特定的语言信号对它有效，我们要做的就是找出这种信号——事实上，是找回。在十亿种可能性之中，或许有半打是有效的。"

一阵低沉的轰鸣声打断了三人间的谈话。他们既警觉又谨慎地抬头观望。终于到了。

"它来了。"费林说，"好了，聪明仔，让我们看看你的本事，哪怕能让它的日常程序改变一点点也好。"

卡车非常巨大,隆隆驶来,货物塞得满满当当。在很多方面,它都像传统样式的人工驾驶运输车,但有一个区别——没有驾驶室。车斗部分同样用于装卸货物,但平常安装车头灯和散热片的地方却是纤维质、海绵状的接收器,那是这种自动货运装置仅有的传感部分。

发现三名人类后,卡车减速,换挡,停车,拉起手刹。过了一会儿,控制装置开始运转,接着,载货面的一部分自动倾斜,一串沉重的纸箱滚落到马路上。跟货品一起掉落的,还有一张详尽的货物清单。

"你们知道该怎么做了。"奥尼尔语速很快地说,"快点,抢在它离开之前。"

三个人沉着脸,熟练地抬起地上的纸箱,扯掉上面的防护包装。崭新的货物:一台双筒显微镜,一台便携式收音机,成堆的塑料盘子、医疗设备、剃须刀片、服装、食品。跟往常一样,食物占大多数。三个人开始有条不紊地破坏东西。几分钟后,他们身边便一片狼藉。

"就是这样。"奥尼尔喘息着说,他抓过自己的活页夹,"现在我们看看它会怎么做。"

卡车已经启动离开,但却突然停住,又向他们倒车回来。它的感应器已经发觉有三个人类破坏了送达的货品。它叽嘎响着,绕了个半圆掉转方向,再次靠近人类旁边的卸货区域。卡车将天线竖起,开始跟工厂通信。指令已经发出了。

第二批完全相同的货品从卡车里倾泻出来。

"我们失败了。"费林眼看着一张同样的货品清单悠然飘落,呻吟道,"我们白白浪费了那批物资。"

"现在怎么办?"莫里森问奥尼尔,"我们下一步做什么?"

"帮把手。"奥尼尔抱起一只纸箱,吃力地把它搬回卡车旁边。他把纸箱装回车斗,马上转身搬下一个。另外两个人也笨拙地模仿他,把货品重新塞回卡车里。卡车再次启动,准备离开时,所有货品都已经被装回车上。

卡车犹豫了一下,它的感应器已经发觉了货品被退回的情况。它的内部传出持续的低沉嗡嗡声。

"这可能会让它疯掉。"奥尼尔一面冒汗,一面评论说,"它完成了既定操作,但什么目标都没有达成。"

卡车启动了一小会儿,打算离开,但随即放弃。然后它目标明确地再度掉头,迅速把同一批货品又倒在路面上。

"装回去!"奥尼尔大叫。三个人抓起纸箱,疯狂重装。但纸箱被放进水平的车斗后,马上就被卡车自动推上斜坡,从另一侧卸到地面上。

"这样没用的，"莫里森喘着粗气说，"竹篮打水。"

"我们输了。"费林喘息着，可怜兮兮地表示同意，"跟以前一样，我们人类每次都输。"

卡车冷静地看着他们，它的接收器一片空白，波澜不惊。它只是在做自己的工作。遍布整个行星的自动工厂始终顺畅地执行五年前下达给它们的任务。那时候，全球战争才刚刚开始。

"它要走了。"莫里森惨兮兮地说。卡车的天线已经收回；它切换到低速挡，收起了停车闸片。

"最后再试一次。"奥尼尔抓过一只纸箱，把它扯开，他从中拿出一个十加仑装的牛奶罐，把盖子拧开，"尽管这办法看起来很傻。"

"这太荒谬了。"费林不情愿地从废物堆里找来一只杯子，伸进去舀牛奶，"简直是小孩儿把戏!"

卡车停下来观察他们。

"开始做。"奥尼尔严厉地下令，"就像我们此前练习的那样做。"

三人迅速喝了一些罐子里的牛奶，特意让奶汁顺着他们的嘴角流下一点儿。必须让他们正在做的事情显而易见。

按照计划，奥尼尔第一个喝完。他的脸痛苦地扭曲着，他把杯子丢开，用力把牛奶吐在路面上。

"看在上帝的份上!"他哽咽道。

另外两个人也照做,一面跺脚,一面大声咒骂,他们踢翻了牛奶桶,并且怨愤地狠狠瞪那辆卡车。

"这牛奶是坏的!"莫里森大喊。

卡车好奇地缓缓退回。电子神经元咔咔嗒嗒地响着,对眼前的状况做出回应,它的天线像旗杆一样竖起。

"我觉得这招管用。"奥尼尔颤抖着说。在卡车的注视下,他又拖出第二罐牛奶,拧开盖子,尝了下里面的东西。"一样的!"他对卡车喊叫,"全是坏的!"

卡车里弹出一个金属圆筒。圆筒掉在莫里森的脚下,他迅速捡起,将其打开。

申明缺陷类型

这张指令表格上列出了各种可能的产品缺陷,每一种缺陷旁边都有精致的小框,同时提供的还有一根打孔棒,便于标出产品的缺陷信息。

"我应该选哪个?"莫里森问,"污染? 细菌问题? 酸腐? 变质? 标示错误? 包装损坏? 压碎? 破损? 混杂异物?"

奥尼尔反应很快,马上回答说:"哪一个都别选。工厂肯定有办法重新取样进行测试。它会自行得出检验结果,然后无视我们。"他的脸洋溢出突发奇想时的光彩,"填在页底的空格上,那是个开放区域,可填写其他信息。"

"写什么呢?"

奥尼尔说:"就这么写:这种产品完全屁轴了。"

"这是什么意思?"费林很困惑。

"先写上!这是完全没有意义的胡扯——工厂也会无法理解它。或许我们可以这样子干扰它的工作。"

莫里森用奥尼尔的钢笔认认真真写下"牛奶屁轴"了。他摇着头,把金属圆筒交还给卡车。卡车将牛奶罐清洗干净,将其整齐地回收归位,然后轮胎刺耳地响着,加速离去。车身插槽里弹出最后一个金属圆筒。卡车匆忙离去,只有金属圆筒躺在尘埃里。

奥尼尔打开圆筒,把里面的纸张展示给其他两人看。

我们将派出一名工厂代表

请准备好提供产品缺陷的完整数据

有一会儿,三人陷入沉默。然后费林开始咯咯笑,"我们做到了,我们联系到了它,我们成功传递了消息。"

"我们当然成功了。"奥尼尔同意说,"它从来没听说过有产品'屁轴'。"

群山深处是堪萨斯城工厂的巨大钢铁立方。它的表面已经开始生锈腐蚀,夹杂着辐射斑及五年战火留下的伤痕和裂缝。工厂的主体部分大都埋在地底,只有入口可见,卡车就像一个小点,轰鸣着高速驶向黑色金属王国。过了一会儿,单调的地表出现一个小小入口。卡车冲过入口,消失在工厂内部。入口随即迅速关闭。

"更重要的工作还在后面。"奥尼尔说,"现在我们必须说服它关闭——让它自行关闭。"

二

茱迪斯·奥尼尔给客厅里环坐的人们送上热腾腾的黑咖啡。她丈夫在讲话,其他人在听。在与自动工厂相关的问题上,奥尼尔已算是现有的顶级权威了。

在他原先的住区,芝加哥附近,他曾经令当地工厂的防护系统瘫痪了一段时间,得以取走了其辅助系统中的数据带。当然,那座工厂随即就重建了更好的防卫系统。但他还是证明了一点:工厂并非无懈可击。

"应用控制研究所，"奥尼尔解释说，"曾经掌握着工厂网络的全部控制权。都怪这场战争，都怪通信线路上的巨大噪音，抹掉了我们需要的知识。不管怎样，研究所没能把它们的信息传输给我们，所以我们就无法给工厂下达指令——眼下战争已经结束，我们想要恢复对工厂生产的控制。"

"而与此同时，"莫里森闷闷不乐地补充道，"该死的自动工厂网络不断扩张，不断消耗我们的自然资源。"

"我有种感觉，"茱迪斯说，"要是我使劲跺脚，就会掉进一条工厂隧道。现在，它们的采矿场一定已经遍布各地。"

"难道就没有什么限定机制吗？"费林紧张地问，"难道它们原本就被设定成无限扩张型？"

"每座工厂都只能在它的设定区域内运行。"奥尼尔说，"但工厂网络本身是不受限制的。它可以永不停息地攫取我们的资源。研究所决定给它们最高优先权，我们人类只能退居二线。"

"那还能给我们剩下什么？"莫里森想知道答案。

"除非我们能阻止工厂网络的运行，它已经耗尽了六种基本矿物。每一座工厂都有自己的搜索队，它们始终都在不懈搜寻最后残余的矿物，拖回其本部。"

"要是两座不同工厂的隧道交叉，会发生什么？"

奥尼尔耸耸肩，"正常情况下，那种事不会发生。每座工厂都分配到我们行星的某个特定区域，像是供它们独享的馅饼。"

"但毕竟理论上存在这种可能。"

"嗯，它们都极为看重原料。只要世上还有任何原料残余，它们就会不断搜寻、占有。"奥尼尔顺着这个思路，越想越兴奋，"这事儿值得考虑。我想随着物资越来越稀缺——"

他闭了嘴。有个人影走进了房间。它在门口默默站住，观察在场的所有人。

在阴影的笼罩下，那玩意儿的形体看上去很像人类。有一会儿，奥尼尔还以为它是迟到的当地居民。然后，当它走上前来，他才意识到这东西仅有人类的轮廓而已：它的体态是直立的两足动物，顶端有一个数据接收器，效应器和本体感受器装在下体的一写多读磁盘上，底部是抓地器。它的类人形态适可而止，仅满足实用需求，并没有刻意追求让人产生亲密感的外表。

工厂代表到了。

来者开门见山，"这是一台数据收集机器，可以进行口头交流。它载有广播和接收系统，并可以整合与其调查相关的事实。"

那声音动听、自信，显然是在播放战前由某位研究所技工录制的磁带。这个声音从这个近乎人形的躯体里发出，听起来有些怪异。奥尼尔能够想象出这位已不在人世的年轻人的样子，现在只剩他欢快的声音还在从这个直立的钢铁系统的机械嘴中传来。

"提醒一下哦。"那个讨人喜欢的声音继续说,"请不要把这台接收器当作人类,对它提出预设范围之外的问题,那样毫无意义。尽管它有专长,但却没有抽象思维的能力。它只能重组目前已经掌握的信息。"

那个乐观的声音戛然而止,另一个声音继续下去——它跟第一个声音有些相像,但没有任何语调,也不再有个性。系统开始用前者的语音模式进行沟通。

"对退回产品的分析表明,"它宣布,"其中并未包含任何异物,也没有检测出任何可察觉的变质现象。该产品符合整个工业生产网络目前通用的检验标准。退货理由不在当前检测范围之内。你们采用了一种工业网络未收录的鉴定标准。"

"没错。"奥尼尔同意道,他小心地权衡语句,"我们发现那些牛奶未达标,我们完全不想要那种东西。我们要求得到品质更好的产品。"

机器稍后做出回应,"'屁轴'这个概念让工业网络感到陌生,我们数据带中的辞典并未包含这个概念。你能否提供一份那些牛奶的实际参数分析,列出其中存在或者缺失的具体成分?"

"不能。"奥尼尔谨慎地说,他正在玩的把戏复杂又危险,

"'屁轴'是个笼统的概念,它不能被归纳为具体的化学成分。"

"那么'屁轴'到底是什么意思呢?"那台机器问,"你能不能用其他语义符号来定义它?"

奥尼尔犹豫了。他必须引导这位机器代表,从它设定好的提问问题转到更有普遍性的讨论领域,然后引出关闭整个工业网络的问题。如果他能找到任何突破口,开启抽象讨论的话……

"'屁轴'这个词,"他宣称,"是描述产品状态的,它们已经不再被需要,却还在被生产。这个词表示:某种产品被拒绝的原因,是人们不再想要它。"

工厂代表说:"工业网络的分析表明,这个地区依然需要经过巴氏杀菌的高品质奶类营养品。但目前并没有替代来源。工业网络控制着世界上现存的所有奶制品合成设备。"它补充说,"最初录入磁带的指令中写明:奶品是人类食谱的重要组成部分。"

奥尼尔发现自己没能骗过对方,机器又把讨论引回了具体细节上。"我们已经下定决心,"他气急败坏地说,"我们不再想要更多牛奶。在我们得到奶牛之前,我们宁愿不要牛奶。"

"你的言论并不符合网络磁带指令,"代表反对说,"世上已经没有奶牛。所有牛奶都是工业合成的。"

"那我们就要自己生产合成奶。"莫里森不耐烦地插嘴道,"为什么我们不能接管机器?上帝啊,我们又不是小孩子!我们可以照料自己的生活!"

工厂代表向门口移动,"在你们的社区找到其他奶源之前,工厂网络将继续为你们供奶。分析与评估机器将留在本地区,进行例行的随机取样工作。"

费林怒气冲冲地喊起来:"我们怎么可能找到其他奶源?你们把所有设备全都占据了!你们在主宰一切!"然后他又吼道,"你们说我们不能管理一切——声称我们没有这样的能力。你们又有什么资格断言?你们完全没给过我们机会!我们永远都不会有机会!"

奥尼尔在发呆。那台机器已经在离开的路上了,它一根筋的头脑大获全胜。

"听着,"他挡住机器的去路,"我们想要让你们关闭,懂吗?我们想要接管你们的设备,自己操作它们。战争已经结束了。该死的,你们已经没有必要继续存在!"

工厂代表在门口稍微停顿了一下。"停止运行程序的触发条件,"它说,"是外界生产能取代工厂网络——仅在那时才能停运。根据我们的取样鉴定,目前仍不存在外界生产系统。所以工厂网络还要继续生产下去。"

莫里森突然猛挥手中的钢管,将它重击在人形机器的肩膀上,深深陷入其胸部复杂的感应器件中。接收器外壳碎裂,玻璃、导线和小零件雨点般纷纷掉落。

"这根本就是个悖论!"莫里森喊叫起来,"一个文字游戏,由它们强加在我们身上,控制论者是在成心要我们。"他高举钢管,再次重击在毫不反抗的机器身上,"它们已经制住了我们的要害。我们完全没有反击之力。"

房间里吵成一团。"我们别无选择。"费林喘息着从奥尼尔身边挤过,"我们必须摧毁它们——我们跟工厂网络势不两立。"他扯下一盏灯,向工厂代表的"脸"上丢去。灯泡和那张复杂的塑料表面同时破裂。费林艰难地靠近,抽打那台机器。房间里所有人都在逼近这直立的圆柱体,他们暗藏的反感已经溢出。机器倒地,逐渐消失在愤怒的人群身下。

奥尼尔哆嗦着转开视线。他的妻子抓住他的胳膊,带他到房间的另一边。

"这帮白痴。"他郁郁不乐地说,"他们无法摧毁工厂,这样做只会让它加强防卫。他们只会让情况更糟。"

一支工厂网络维修队伍冲进客厅。那些微型机械从半履带式的虫状运载机上下来,逼近那帮忙着施暴的人。它们从人缝里钻过去,迅速在人群脚下掘出一条通往运载机的隧道。片刻之后,工厂代表呆滞的躯体就已经被拖回虫状运载机的货舱。零件被重新收集,扯坏的部件也被回收、带走。塑料残肢和散落的设备也被找到。然后小机械们重回虫状运载机,成队离去。

穿过大开的房门,第二名工厂代表登场了,它跟第一台一模一样。外面门厅里还站了另外两台直立型机器。整个居住区会被一系列工厂代表随机访问,它们就像一群蚂蚁,可动型数据收集机遍布整个城镇。现在,其中一台正驶近奥尼尔。

"毁坏自动数据收集机的做法有损人类自身利益。"工厂代表对房间里所有人说,"当前原料收入处于危险水平。我们现存的基础材料都应该用于生产消费品。"

奥尼尔和机器面面相觑。

"哦,"奥尼尔小声说,"这真有趣。我想知道你们缺少些什么——你们会为那些资源真正开始战斗。"

直升机螺旋桨的声音从奥尼尔头顶隐隐传来,他不予理睬,仍通过不远处机舱底部的视窗向外望去。

到处是熔渣和废墟。杂草丛生,羸弱的草茎间有昆虫跳来跳去。偶尔能看见鼠舍——黯淡的窝棚用白骨和垃圾搭建而成。辐射让鼠类发生了变异,跟其他很多昆虫和野兽一样。稍远处,奥尼尔看到一群鸟儿正在追赶一只平原松鼠,松鼠钻进熔渣地面上一条细心准备好的窄缝里，鸟儿们受挫而去。

"你觉得我们永远都无法重建文明?"莫里森问,"这情形我看看都觉得恶心。"

"需要时间。"奥尼尔回答,"当然,也要假设我们能夺回工业控制权,假设世上还有原料可以被加工。最乐观的情况下,也只能缓慢发展。我们必须从现有的居住地出发,步步为营。"

右边是一个人类拓荒区,居民像衣衫褴褛的稻草人,瘦弱又憔悴,住在曾经是城市的废墟里。几公顷贫瘠的土地被开垦出来,庄稼无精打采,被阳光晒得枯黄,几只鸡蔫蔫地来往徘徊,被苍蝇困扰的马儿在简陋的凉棚下喘息。

"废墟遗民,"奥尼尔脸色凝重地说,"他们离工业网络太远,不属于任何工厂的补给范围。"

"这都怪他们自己,"莫里森气哼哼地告诉他,"他们本可以加入其他居住区的。"

"但那是他们自己的城市。他们正在做我们想做的事——自己重建文明。但他们没有工具,也没有机器,仅靠空手拼凑垃圾碎片。这样行不通的。我们需要机器,我们不可能靠人力修复废墟,我们必须开启工业生产。"

前方是一条起伏不定的山梁,曾经的连绵山势如今却只剩些突兀的断脊。更远处是巨大而丑陋的地表伤痕——氢弹爆炸后的环形坑有一半被积聚其中的泥水占据,成了一片疾疫横行的内陆湖。

而在湖对岸,是一片繁忙景象,光芒频闪。

"在那边,"奥尼尔紧张地迅速降低直升机,"你能说出它们来自哪个工厂吗?"

"在我看来,它们都长得一个德行。"莫里森一面嘟囔着,一面欠身去看,"我们必须等一会儿,等它们装满之后,再尾随它们返回。"

"假如它们能装满的话。"奥尼尔纠正说。

自动工厂的探索队无视头顶轰鸣的直升机,只顾专心干活儿。核心卡车前面还有两辆牵引车,它们绕过成堆的垃圾,探针像触角一样伸向前方,从远方的山坡上飞驰而下,消失在熔渣表面飞扬的尘土中。两台侦察车向下挖掘,直到仅剩触角可见,然后又冲出地面,继续前行,履带飞转,铿锵作响。

"它们在找什么?"莫里森问。

"天知道。"奥尼尔专心翻看他的剪贴本,"我们必须好好分析收到的所有延期交货单据。"

在他们下方,自动工厂探索队已经被丢在后面。直升机掠过一片荒芜的沙地与矿渣,这里毫无生气。然后出现一片灌木丛,右边的远处是一串微小的、移动的小点。

　　一队自动工厂矿石车正在快速驶过荒凉的熔岩地,卡车首尾相接。奥尼尔将直升机转向它们,几分钟后,就已经悬停到矿场上方。

　　已经有大批巨大的采矿设备到达现场。钻杆深入地下,空的矿石车耐心地排队等待。满载的矿车源源不断地驶向地平线,沿途时有矿石掉落。现场一片忙碌,机械噪音回荡空中,荒凉的矿渣场中突然出现了繁忙的工业中心。

　　"那边的寻矿队也来了。"莫里森回头朝来路看,"你觉得它们或许能打起来?"他微笑,"不,我猜这是痴心妄想。"

　　"这的确是痴心妄想。"奥尼尔回答,"它们很可能在找不同的矿物。而且它们在通常情况下都会被设定成无视对方的存在。"

　　最前面的几辆虫式探矿车进入了矿车的运行线路,它们微微转向,继续搜寻。卡车也在沿原路没完没了地运输,就像什么都没有发生过一样。

　　莫里森很失望,从窗前转开视线,骂了几句:"没用,它们都当对方不存在。"

　　渐渐地,探矿队远离了卡车行列,经过矿场边缘,又翻过更远处的一座山。它们不紧不慢,离去时,对采矿区毫无反应。

　　"也许它们都属于同一座工厂。"莫里森抱着希望说。

奥尼尔指着主要采矿设备上的可见触角，"它们的视准器朝着不同方向，应该分属不同工厂。这事儿肯定很复杂，我们必须做到万无一失，否则就不会有任何效果。"他打开无线电，跟居住区的空管取得联系，"对延迟送货清单的分析有进展吗？"

接线员给他接通了居住区行政办公室。

"结果正在陆续送达。"费林告诉他，"我们一旦有了足够多的样本，就会尝试推算出工厂缺少何种原料。这样肯定有出错的风险，毕竟是从复杂的最终产品来倒推。这里可能有些基础原料，在很多系统会被用到。"

"我们确定了目前短缺的原料之后，又能干些什么呢？"莫里森问奥尼尔，"我们找到两座相邻工厂共同短缺的原料，又能怎么样呢？"

"到时候，"奥尼尔严峻地说，"我们就开始自行收集这种原料——就算为此把居住区所有物资重新回炉变成原料，也在所不惜。"

三

群蛾飞舞的深夜，吹起一阵微风，凄冷又轻柔。密集的灌木丛发出低沉的沙沙声。偶尔会有一只夜行鼠类出现，它的感官特别警觉,它窥探着、谋划着,以寻求一点儿食物。

这片地区很荒凉,几英里内都没有人烟。整个地区已经被荡平,被一遍又一遍的氢弹爆炸炙烤过。幽暗中的某处,一股缓慢的涓滴细流穿过自动工厂的废弃物和野草丛,滴入曾经复杂如迷宫的地下排水系统。远处有开裂、倒塌的烟囱,耸立在暗夜中,上面爬满藤蔓。风吹起云团一样的黑灰,在野草丛中旋卷。一只巨大的变异鹌鹑在睡梦中被惊醒,它把夜里御寒的破布片盖紧,再次睡去。

有一段时间,周围毫无动静。只有一带星痕闪耀在天空里,明亮、幽远。厄尔·费林打了个冷战,抬头看看,向三人中间搏动的加热器靠近一点儿。

"现在怎么办?"莫里森的牙齿在打战。

奥尼尔没回答。他抽完一根烟,把烟头捻灭在腐烂的垃圾上,取出打火机,另点一支。那堆钨——他们的诱饵——就放在三人前方一百码的地方。

过去几天来,底特律跟匹兹茅斯的工厂都缺钨。而且至少一个领域内两座工厂的机器设备有重叠。那一堆可怜兮兮的诱饵中有精密切割工具、电路开关里拆下的部件、高端医疗器械、永磁体碎块、测量仪器等人们能找到的各种含钨元素,它们被狂热地收集至此。

黑雾笼罩在钨冢上。偶尔会有一只夜蛾被上面反射的星光吸引,扑着翅膀落下。飞蛾在空中悬停片刻,有力地拍打它那对颀长的翅膀,停在扭结的金属堆上方,然后飘然远去,消失在缠绕着断裂污水管的藤蔓之间。

"这破地方的景致真是不咋地。"费林干巴巴地说。

"不要骗自己。"奥尼尔反对,"这是地球表面最美的地方了。这将是埋葬自动工厂网络的关键之地。将来总有一天,人们会寻访此地。这儿会竖起直冲天际的纪念碑。"

"你不过是在给自己鼓劲而已。"莫里森不屑地说,"其实你自己也不信它们会为了一堆外科器材和灯丝自相残杀。它们很可能有某种机器深入地底,从岩石中吸取钨。"

"也许吧。"奥尼尔边说边拍蚊子。那只昆虫狡猾地躲过了他,嗡嗡叫着跑去骚扰费林。费林没好气地转向蚊子叫的方向,气哼哼地蹲在洒满露水的草丛里。

然后,他们盼望已久的情景出现了。

奥尼尔意识到,自己已经看了它好几分钟,却没有认出它是什么。那只虫形探矿车趴在地上一动不动,停在一座小小垃圾堆的顶端,它的触角微微耸起,接收器完全展开,样子就像是被人丢弃的残骸。它纹丝不动,不像具备感知能力的样子,没有任何生命迹象。虫形探矿车跟烈火焚烧过的周边环境完全融为一体。

在夜色下，它只是一个模糊的筒状暗影，由金属片、齿轮和履带轮组成。它等待着，同时监视一切。

它在检视那堆钨。诱饵引来了第一条"鱼"。

"有鱼上钩。"费林低声说，"鱼线在动。我感觉浮子沉下了水面。"

"你这家伙乱嘟囔些什么呢？"莫里森抱怨着，然后他也看到了那台探矿车，"上帝啊。"他轻声感叹，不由自主地站了起来，巨大的身躯探向前方，"好，一边已经出动了。现在我们只需要另一座工厂也派来机器就好。你们猜，这一台是哪边的？"

奥尼尔找到了通信天线，看清了它的指向，"匹兹堡，所以——为底特律祈祷吧……疯狂地祈祷。"

那只探矿虫已经得到满意的结果，离开停驻地，继续向前，它小心翼翼接近那堆诱饵，随即开始了一系列复杂运作，一会儿这边，一会儿那边。三个旁观的人类一头雾水——直到他们瞥见更多探矿虫的探测触角。

"用运行线路召唤同伴。"奥尼尔轻声说，"就像蜜蜂一样。"

现在，五台匹兹堡探矿虫正在接近那堆含钨材料。接收器兴奋地挥舞着，它们加快速度，喜悦地从原料堆的一侧冲上顶端。一只探矿虫向下挖洞，很快消失在挖出的洞中。整个钨堆都在抖动，探矿虫已经深入其内部，确认发现的规模。

十分钟后，第一辆匹兹堡采矿车出现了，开始勤勤恳恳地运走它们发现的宝贝。

"真该死!"奥尼尔气急败坏地说，"底特律工厂赶到前，它们就能把诱饵全部运走了。"

"我们能不能做点儿什么来延缓它们的进度呢?"费林无助地问。他跳起来，抓起一块石头，丢向最近处的那辆卡车。石头弹开了，卡车继续工作，就像什么都没有发生一样。

奥尼尔站起来，来回踱步，他强忍愤恨，身体紧绷。它们在哪儿? 每座自动工厂应该是一模一样的，而这个地方离两座工厂的距离相等，它们本应该同时到达现场。但底特律方面却没有动静——而最后一批钨材料正在他面前被装车。

但就在这时，有什么东西从他身边掠过。

他最初没有认出它，因为那东西的速度过快。它就像一颗子弹从扭结的藤条间飞过，快速掠上一道山坡，停了一瞬间确定方向，然后从另一侧飞驰而下。它直接命中领头的卡车。一声巨响，飞弹及其目标一起被炸成碎片。

莫里森跳起来，"靠! 怎么啦?"

"棒极了!"费林尖叫起来，挥舞着两根瘦胳膊转着圈儿，"是底特律!"

底特律探矿虫出现了，它略微停顿了一下察看状况，然后径直冲向撤退中的匹兹堡厂卡车。含钨碎片飞得到处都是——同样漫天飞舞的还有来自两个阵营的零件、电线、碎裂的盘面、齿轮、弹簧和螺栓。剩余的卡车尖啸着掉头，其中一台卸掉所有货物，以最高速度落荒而逃，但还是有一台底特律探矿虫追上它，径直拦在它前面，差点儿让它翻车。探矿虫和卡车一起滚下一道浅壕，落入死水洼里。两者都滴着水、泛着微光，被水淹没了一半却还在搏斗。

"好啦！"奥尼尔的声音有些动摇，"我们的目标达成，现在可以回家了。"他觉得两腿发软，"我们的车子在哪儿？"

他发动卡车引擎时，远处有什么在闪光，某个巨大的金属物正在残骸与灰烬间移动——那是一大批卡车和重型矿石运输车正在赶来现场。它们来自哪座工厂呢？

这不重要了，因为在这垂落的黑色藤蔓间，一大批迎战队伍正在悄悄向来敌接近。两座工厂都在集中它们的机动力量。探矿虫从四面八方滑过或者爬来，向剩余的含钨材料逼近。两座工厂都不会放弃它们急需的原料，两者都不肯让出自己发现的资源。它们在指令的控制下盲目地、机械地动员起来。双方都在竭尽全力集中优势战斗力量。

"快呀。"莫里森焦急地催促，"我们赶紧离开这里。整个地狱的恶魔都在赶来呢。"

奥尼尔急忙让卡车掉头,驶向居住区方向。他们冲破夜色,上路回家。时不时还有金属外壳的机器从他们身边经过,驶向他们离开的地方。

"你们看到刚才那辆卡车上装载的东西了吗?"费林担心地问,"那不是空车。"

后面跟上的卡车全都不是空的,而是一整支由一个精致的高级评测系统指挥的物资运输车队。

"枪炮。"莫里森惊恐地瞪大了眼睛,"它们带了武器。但谁来使用武器呢?"

"它们。"奥尼尔回答,提示同伴注意右边的动静,"看那边。这可是我们没有料到的。"

他们看到第一位工厂代表投入了战斗。

卡车进入堪萨斯城居住区时,茱迪斯上气不接下气地跑到他们面前,手里挥舞着一张金属箔纸。

"这是什么?"奥尼尔一面问,一面把东西从她手里抓过来。

"刚到的。"他的妻子还在竭力平复呼吸,"一台自动车快速开来,丢下这东西,然后就开走了。出大事了。神啊,整个工厂灯火通明,你从几英里之外就能看到。"

奥尼尔扫视那张纸。这是工厂对居住区最后一份订单的正

式确认函,包括居民主动要求以及工厂认为应该派发的所有货品表格。表格上方用粗大的黑体字印了十二个可怕的大字:

所有货品延期,日期另行通知

奥尼尔长出一口气,把那张纸递给费林。"日用消费品供给停止。"他讽刺地说,脸上带着紧张的微笑,"工业网络要进入战时模式了。"

"也就是说,我们成功了?"莫里森犹豫地问。

"正是。"奥尼尔说。现在冲突已被触发,他感觉到不断增长的、冰冷的恐惧。"匹兹堡和底特律将会死战到底。我们现在想后悔也不可能了——现在,双方都在拉拢盟友。"

四

清冷的晨光洒在遍布黑色金属残骸的破败荒原上。残骸闪着危险的暗红光芒,它还尚未冷却。

"小心脚下。"奥尼尔提醒说。他扶住妻子的胳膊,领她走下那辆锈迹斑斑、几乎要散架的卡车,两人踩在一堆混凝土碎块的顶上,这些碎块本来是一个规整的碉堡装置。厄尔·费林跟在后面，小心踌躇地寻找去路。

在他们身后延伸的是大量减员的居住点，小屋、楼房和街道组成不规则的棋盘格。自从自动工厂不再提供补给品和维修服务以来，人类居住点就渐渐退化到了半野蛮状态。剩余的生活用品纷纷损坏，仅有极少数仍可使用。最后一次见到满载食品、工具、衣物和替换零部件的卡车，也已经是一年多以前的事儿了。如今的山脚下只有灰黑的水泥和金属残渣，那个方向再也没有驶来过任何东西。

他们得偿所愿——他们断网了，脱离了工业网络。

只能靠自己了。

居住区周围有几片零星的农田，种着些小麦，还有些枯干病弱的蔬菜，正被艳阳暴晒。简陋的手工工具被分发到居民手中，那是各个居住区费尽心机制造出来的。各居民点之间的联络渠道如今也只剩下马车跟笨拙的电报。

不过，他们还是成功地保留了原来的社会组织。商品和服务仍然可以缓慢、稳定地进行交换，生活必需品能够继续生产和消费。奥尼尔夫妇跟费林身上的衣服都很粗糙，而且没有染色，但还算结实。他们还设法改造了几辆卡车——不烧汽油，改烧木柴。

"我们到了，"奥尼尔说，"从这里就能看到。"

"这样做值得吗?"茱迪斯精疲力竭地问。她弯下腰,百无聊赖地抠着鞋底,想把一块卵石从皮跟上去掉,"来一趟那么远,看到的却是十三个月以来每天都能看到的情形。"

"的确。"奥尼尔承认,一只手在妻子瘦削的肩膀上略作停留,"但这或许是最后一次。这正是我们想要看到的。"

在他们头顶的灰暗天空中,有一颗灰黑的小点儿在持续盘旋。它又高又远,旋转、疾飞,遵循着复杂又谨慎的飞行线路。渐渐地,它的回旋路线靠近了群山,还有山底基地中的那片废墟。

"它来自旧金山,"奥尼尔解释道,"远程搜索用机械鹰,从西海岸长途跋涉而来。"

"你觉得它会是最后一只吗?"费林问。

"这是我们一个月以来看到的唯一一只。"奥尼尔坐下来,开始把散碎的干烟丝裹进一片棕色草纸中,"我们以前能看到上百只呢。"

"或许它们有了更好的侦察手法。"茱迪斯猜想。她找到一块平整的石头,疲惫地坐下,"有可能吗?"

她丈夫讽刺地笑笑,"不。它们并没有什么更先进的招数。"

三人陷入沉默。盘旋的黑点更加接近,那片被熔平的水泥和金属地面上却毫无动静。堪萨斯城的自动工厂依然呆滞,完全没有反应。几波热灰掠过地表,墙角堆满了瓦砾残垣。工厂已经被正面击中多次。平原上，其地下隧道也已经多处暴露，堆满了机械残骸，还有在任何有水的地方都会疯长的藤蔓。

"那些该死的藤蔓。"费林一面嘟囔着，一面摸索胡子下面的旧伤疤，"它们简直在接管全世界。"

工厂周围时不时会有车辆和机械残骸，它们在晨露下已经生锈了。重卡、小卡、探矿虫、工厂代表、武器运输车、火炮、补给车、地下发射器，多到无法辨认的各种机械部件堆在一起，混成杂乱无章的一大堆。有些是在返回工厂的途中被摧毁；还有的是刚从厂里出来就被击中——后者满载物品，携带大量装备。工厂剩余的部分早已深陷地底，露在地表以上的部分几乎完全被浮尘覆盖。

四天来，没有任何明显的活动迹象，没有任何动静。

"它完蛋了。"费林说，"你们都看得出，它彻底完蛋了。"

奥尼尔没回答。他蹲下来，换了个舒服的姿势，继续等待。他依然确信，仍有部分机能还在遭到重创的自动工厂内残喘。时间会揭示真相。他看看手表，现在是八点三十分。在以前，这是工厂开始每天例行任务的时间。成群结队的卡车和其他机械设备会驶出地面，装载着各种补给，前往周边的人类居住区，开始它们的探险。

右手边，有什么东西在动，它很快吸引了奥尼尔的注意力。

一辆破旧的采矿车正在笨拙地爬向那座工厂。这是最后一个自动单位，虽遭重创，仍在试图完成它的任务。卡车几乎是空的，车厢里仅有几片寒碜的金属片。像个拾荒者……那些金属片应该是从路边被击毁的设备上扯下来的。那车子就像一只盲目的金属昆虫，孱弱，然而固执地向工厂方向靠近。它的行程艰难到超乎想象，时不时就会停下来，颤动、颠簸，有时会偏离路线。

"连控制中心都坏掉了，"茱迪斯的声音里透着恐惧，"工厂甚至很难引导卡车返回。"

是啊，奥尼尔也看出了这一点。纽约附近的那座工厂已经完全失去了高频信号传输能力。它控制的自动单位全都在疯狂打转，随机高速转圈，撞到岩石和树木上，滑进壕沟里，翻车，最终失去活力，不甘心地停转。

那辆矿石车已经到了废墟所在荒原的边缘，稍稍停留片刻。在它上方，那颗孤独的黑点仍在盘旋。有一会儿，卡车一动不动。

"工厂现在进退两难。"费林说，"它需要这点儿原料，但又害怕头顶那只鹰。"

工厂在犹豫，外面不再有动静。然后矿石车再度开始它摇摇摆摆的行程。它离开扭结的藤蔓，穿过战火焚烧过的荒原，痛苦地、小心地驶向山脚下那片混杂着混凝土和金属的黑暗土地。

机械鹰不再盘旋。

"快趴下!"奥尼尔大声喊道,"它们给那东西装备了最新型的炸弹。"

他的妻子跟费林都在他身边趴下,三个人警觉地看着那片平原,还有地面上艰难爬行的"机械昆虫"。天空中,黑鹰直线逼近,悬停在卡车正上方。然后,它毫无征兆地径直向下俯冲。茱迪斯两手捂脸,尖叫起来:"我看不下去了!这太可怕了!简直就像禽兽一样!"

"它的目标不是卡车。"奥尼尔咬着牙说。

在空中捕猎者俯冲的同时,卡车在拼命加速。它轰鸣着冲向工厂,车身摇摆,部件铿然互撞,试图在最后一次徒劳尝试中安全抵达。焦急到忘乎所以的工厂也像是忽视了头顶的威胁,打开了入口,引导它的运输机械直接进入。而机械鹰等到了它想要的机会。

在大门重新关闭之前,飞鹰直扑而下,沿着与地面平行的轨迹疾行。就在卡车将要消失于工厂深处时,飞鹰开火了,一道模糊的金属残影追随轰响的卡车而去。工厂突然意识到了威胁,迅速关闭闸门。卡车怪异地挣扎着,它被卡在了关闭一半的闸门里。

但它能否脱身已不再重要。山下传来一波隐约的战栗。地面微微颤动,闷雷一样的声音传来,然后复归于宁静。三个旁观的人类都感到了脚下的那波冲击。工厂方向腾起一道黑烟。地表的水泥像熟透的果实一样开裂,它颤抖、裂开,把内部的碎片散入空中,雨点一样落下。黑烟在空中停留了片刻,然后随着晨风漫无目的地飘走。

工厂已经被烧作灰烬,从内部炸成了废墟。它已被突破,被完全摧毁。

奥尼尔僵硬地站起来,"结束了,一切都已终结。我们已经达成了最初的目的——摧毁整个自动工厂网络。"他扫了一眼费林,"但是,我们真的想要这样的结果吗?"

他们回望身后的居住区。曾维持数年的规整房舍和街道都已经所剩无几。没有工厂网络,居住点退化得很快。最初那繁荣富足的面貌早已消失,整个居民点显得破旧萎靡。

"当然。"费林有点儿迟疑地回答,"一旦我们进入工厂,开始运行我们自己的生产线……"

"那里还能有任何东西剩下吗?"茱迪斯问。

"总会剩下点儿什么的。上帝啊,那些工厂可是深入地下好几英里呢!"

"战争末期,它们开发出来的炸弹威力极为巨大。"茱迪斯指出，"比我们人类战争中使用过的任何武器都更强。"

"还记得我们看到过的野人营地吗？那些战场遗民？"

"那次我没去。"费林说。

"他们就像一群野兽一样，吃树根和块茎，打磨岩石，硝制皮革。野蛮又原始。"

"但那种人想要的不就是那种生活吗？"费林抗辩道。

"是吗？我们想要这个吗？"奥尼尔指了下萧索的居住区，"我们收集含钨物品时，想要的是不是眼下这种生活？更早时候，我们又是不是这样想的？那次我还对工厂送货卡车说，它的牛奶——"他想不起那个词来了。

"屁轴了。"茱迪斯提醒他。

"好了。"奥尼尔说，"我们动手吧，去看看工厂还剩下什么——还有什么剩下给我们。"

那天下午晚些时候，他们来到了工厂废墟前。四辆卡车轰鸣着，摇摇摆摆停在了被炸毁的巨坑前。卡车的发动机冒着烟，尾气管滴着水，工人们小心翼翼爬下车，警觉地踏过依然烫热的灰烬。

"或许我们来早了。"一个人警惕地说。

奥尼尔早等不及了。"跟我来。"他下令道，抓起一支手电筒，下到弹坑深处。

堪萨斯城自动工厂的地下主体就在他们前方。它被炸坏的"嘴巴"仍然咬着那辆矿车,但它已不再挣扎。卡车身后是一片可怖的黑暗。奥尼尔用手电照向里面,那些犬牙交错的破损的支柱依然清晰可见。

"我们要深入下去。"他告诉莫里森,后者正伏在他身旁,"如果还有什么东西留下,那也一定在底部。"

莫里森咕哝道:"那些亚特兰大工厂发射的钻地弹摧毁了底部的大部分区域。"

"我们要抢在其他势力彻底摧毁矿场之前找到我们想要的东西。"奥尼尔小心地钻进摇摇欲坠的入口,爬过内部炸飞出来的大堆废墟,发现自己已经进入工厂——这里到处是奇形怪状的残骸。

"熵。"莫里森喘息着,很郁闷的样子,"混乱之熵,这曾是工厂一直痛恨的东西。人们建造工厂的目的就是对抗无序。随机粒子散乱分布,毫无目的。"

"在我们脚下。"奥尼尔固执地说,"我们可能会找到某些被封闭的储藏室。我知道它们已经分成了多个独立运转的区域,其中有专门负责维护的部门,以便重建可能损毁的工厂组成部分。"

"应该也被钻地弹干掉了吧。"莫里森一面泼冷水,一面笨拙地跟在奥尼尔后面。

在他们身后,工人们缓缓跟随。部分残骸区域出现了可怕的塌方,烫热的碎片像雨点一样落下。

"你们先回卡车里去吧。"奥尼尔说,"我们没必要让更多人冒险。如果我和莫里森回不来,忘掉我们就好——不要冒险派人下去搜救。"其他人离开时,他指着一架下行升降机对莫里森说,"我们下去吧。"

两个男人默默无语,一层层深入地底。连绵几英里的黑暗废墟在他们面前延伸,毫无声响,死气沉沉。黑暗中,机器的模糊轮廓、静默的传送带和卷扬机侧影还隐约可见,部分完成任务的弹壳在最后的爆炸后扭曲、变形。

"那些设备我们还能回收一部分。"奥尼尔嘴上这样说,自己也不信。那些机械都已经严重变形。工厂里的一切都粘到了一起,只是一堆熔化的无法利用的金属渣。"只要把它们运回地面就好……"

"我们做不到。"莫里森沉痛地反驳他,"我们既没有起重机,也没有绞盘。"他踢了一脚传送带上半熔的机器,曾被液化的金属流得到处都是。

"当时还感觉是个不错的主意。"两人继续穿过一堆空闲停滞的机器,奥尼尔沉吟着说,"现在回想起来,已经没有那么确信了。"

他们已经深入工厂内部,最底层展现在他们面前。奥尼尔用手电到处照,想要找到完全没被破坏的区域,寻找依然完好的生产线。

是莫里森先感觉到的。他突然手脚着地伏倒,庞大的身躯紧贴地面,他贴耳静听,表情严峻,圆睁双眼,"我的上帝啊——"

"怎么了?"奥尼尔惊问。然后他也感觉到了。从他们下方隐约传来持续的震动声,像是持续忙碌的嗡嗡声。他们一直都搞错了,那只黑鹰并未完全成功。在更深处,工厂还活着。在封闭区域里,仍有部分职能部门在继续运行。

"它是完全孤立的。"奥尼尔一面嘟囔着说,一面寻找继续下行的升降机,"它被设定为在工厂其他部分被毁后启动。我们怎么下去呢?"

下行梯已经被切断,外面覆盖了一层熔化后又凝固的金属。他们脚下仍在运行的工厂分支被完全隔离。现在根本就没有入口。

他们快速沿原路返回。奥尼尔回到地面,向第一辆卡车招呼,"那该死的焊枪在哪儿? 快拿给我!"

那支宝贵的焊枪被递给他,他喘息着快速返回,又到了工厂深处莫里森等待的地方。两人一起动手,拼命切割歪斜的金属地板,烧掉了上面覆盖的防护网。

"松动了。"莫里森喘息着说,在焊枪的强光下眯起眼睛。伴着一声巨响,地板消失在下面一层。一道白光在他们周围亮起,两人都吃惊地向后跳开。

那封闭的厂房里一派忙碌,轰鸣声接连不断,传送带周转不息,机械设备嗡嗡直响,机械监工往来巡视。在房间一端,原料持续不断地进入生产线。而在远端,最终产品被迅速推出,检验后装入传送筒。

短短一个瞬间,这一切都清晰可见,随即,他们就被发现了。自动控制被触发。强光闪烁几下,然后熄灭。整个装配生产线停滞下来,所有活动全部中止。

机器关闭,周遭再次变得无声无息。

房间一端,有一台设备自动脱离原位,快速爬上墙面,向着奥尼尔和莫里森开出的孔洞急驰,它把应急挡板覆在缺口上,然后熟练地将其重新密封。下面的景象又消失了。片刻之后,地板继续颤动,下面的生产活动恢复了。

莫里森脸色煞白,他转头看向奥尼尔,"它们……在做什么?它们……在生产什么?"

"不是武器。"奥尼尔说。

"那东西正在被向上输送,"莫里森本能地向上指点,"送往地面。"

奥尼尔心乱如麻,站起身来,"我们能确定出口地点吗?"

"我……觉得可以。"

"最好可以。"奥尼尔抓起手电,向电梯走去,"我们必须去看看,确定一下他们扔上去的到底是什么鬼东西。"

传送管的出口位于一大片藤蔓和废墟之间,距离工厂区四分之一英里,它藏在山脚下一片乱石之中,看上去像个炮口,十码以内才可以看清它。两个人发现它的时候,已经快要站到上面去了。

每隔一会儿,就会有一颗弹丸式的东西从传送管里出来,喷射到天空里。出口会自动旋转,调整下一次的发射角度。每颗弹丸都以不同的角度喷出。

"它们能飞出多远?"莫里森问。

"很可能每颗弹丸飞出的距离都不同,它们是被随机抛撒的。"奥尼尔小心地靠近,但发射装置并不在意他。侧面竖立的岩石面上有一颗撞瘪了的弹丸,发射孔径直把它射到了近处的岩石上。奥尼尔爬上去,拿到它,然后跳下来。

那颗弹丸是个被撞坏的容器,里面藏着各种金属元件,小到要靠显微镜才能看清。

"不是武器。"奥尼尔说。

那层椭圆形外壳已经破裂，不知道是被撞破了，还是有什么内在机制在起作用。裂口处有金属微粒像黏液一样流出。奥尼尔蹲下来，细细观察它们。

那些小颗粒已经开始行动。这是些极小的微缩机器，比蚂蚁还小，比针尖还细，但却极有活力地运行着，目标明确，它们在建造某种东西，看上去像是小小的钢铁堡垒。

"它们在建造。"奥尼尔不无敬佩地说。他站起来，走向一旁。在这条洼地的另一端，他注意到一座早已存在的弹丸基地。显然，它已经被发射出来一段时间了。

这座基地已经运作到一定阶段了，可以看出一些端倪了。尽管很小，它看起来却很眼熟。这些机器正在建造一座微型自动工厂。

"好吧。"奥尼尔若有所思地说，"我们又重新回到了起点。这到底是凶是吉……我也说不清。"

"我猜它们现在已经遍布整个地球。"莫里森说，"到被弹射到各地后，它们就开始预定的工作。"

奥尼尔突发奇想，"也许它们中的有些个体能够超过逃逸速度。那就厉害了——全宇宙都遍布自动工厂。"

在他身后，喷射孔还在继续忙碌，持续播撒着钢铁的种子。

（郝秀玉　译）